August Schmölzer · DER TOTENGRÄBER IM BUCHSBAUM

August Schmölzer

DER TOTENGRÄBER IM BUCHSBAUM

Roman

Merlin Verlag

Als ich als Kind mähen musste, schlug ich die Sense voll Zorn darüber in einen Haufen dichter Grasbüschel und spießte dabei einen Igel auf.
Vater riss mir die Sense aus den Händen, schaute, ob die Klinge etwas abbekommen hatte. Dann trat er mit dem Stiefel so lange auf das in den Tod zappelnde Tier, bis es verendete.
Als ich dies später, weil mich dieser Vorfall immer wieder beschäftigte, einem Schulfreund erzählte, lachte dieser laut auf und sagte: „Was bist du denn für einer, kannst nicht einmal einen Igel umbringen?"

Nacht. Schüsse, Kindergeschrei. Mädchen und Jungen laufen im Nebel durcheinander. Soldaten befehlen, schießen in die Luft, treiben Kinder am spärlich beleuchteten Hauptplatz des Städtchens am Meer zusammen. Der Maronibrater und der Hotelier schauen aus dem Schutz der Häuser zu.

‚AuchaufPostenKamerad? Pfffchchchiiicht!' Ein dicker Soldat leuchtet Josef mit einer Taschenlampe ins Gesicht. Er spricht zusammenhängend, um dann mit einem hässlichen Pfeifen einzuatmen.

‚ImmereingutesMotivimVisier? Pfffchchchiiicht.'

‚Kriegsberichterstatter, fotografiere', befiehlt der Vorgesetzte.

Schüsse!

Kinder brechen zappelnd in sich zusammen.

Der Hotelier und der Maronibrater verschwinden.

‚Fotografiere!', befiehlt der Vorgesetzte.

Schüsse.

Soldaten entsorgen gehetzt die kleinen Leichen auf einen Lastwagen.

Josef atmet schwer.

Seinen Fotoapparat in Händen starrt er auf das, was passiert.

‚Fotografiere!'

‚Es fehlt Licht', keucht Josef.

‚Licht?', brüllt der Vorgesetzte ‚Los, Scheinwerfer für die Kunst!'

‚JawohleinenScheinwerfermarschmarsch! Pfffchchchiiicht ...'

Der Druck auf Josefs Brust wird unerträglich.

Ein kleiner rothaariger Junge in Lederhosen, weißem Hemd, mit blauen Augen, der letzte in der Reihe der Kinder, ruft Josef etwas zu, das er nicht verstehen kann.

Josef schnappt nach Luft und schaut zwischen dem Jungen und dem Vorgesetzten hilflos hin und her.

'Wie ein Fisch an Land', äfft ihn der Vorgesetzte nach.

Die Kameraden johlen.

'Fotografiere!'

Die Pistole plötzlich an Josefs Schläfe.

Josef erstarrt.

Der Junge ...

'Fotografiere!'

Ein Schuss.

Der schöne Lockenkopf des Jungen zerplatzt.

Josef schreckt schwer atmend von der Sitzbank im Zug hoch. Am beschlagenen Fenster seines Abteiles fliegen die kleinen Birkenwäldchen des Zwischenlandes bergauf vorbei. Sie kündigen seine Heimatstadt in den Bergen an.

Müde und mit dem Gefühl, gescheitert zu sein, hat der alte Mann im Städtchen am Meer den Zug in Richtung Heimat bestiegen. Hier unten hat sich sein Leben im Krieg verändert. Er hat keine Erklärung gefunden, warum er damals nichts unternommen hat. Josef nimmt einen großen Schluck Schnaps aus der Flasche, die ihm der Hotelier für die Heimreise mitgegeben hat. Eingewickelt in seinen dicken Uniformmantel legt er die Füße mit den Lederstiefeln auf die Sitzbank. Er hat genug, will nichts mehr wissen, nichts mehr sehen, reden, hören, denken, fühlen. Er beginnt, zu summen und seinen Körper hin und her zu wiegen. Wie er es als Junge getan hat, wenn er sich im alten Buchsbaum hinter dem Elternhaus versteckte, um sich in eine wärmere Welt zu träumen.

„Josef? Hei Josef! Hei alter Mann? Hei!"

„Was ...?"

„Ich bin es, ... Michael!"

„Michael?", Josef nimmt erneut einen großen Schluck Schnaps.

„Ja, alter Mann, ich bin es, Michael!"

„Michael?", wiederholt der Alte und reibt sich die verschwollenen Augen.

„Damals, auf dem Hauptplatz im Krieg! Erinnerst du dich nicht mehr? Lederhose, weißes Hemd, rote Haare, blaue Augen! Ich wollte, dass du mich fotografierst. Aber du hast nichts getan, mich nur blöd angestarrt. Du erinnerst dich doch, alter Mann?“

„Michael also“, murmelt Josef.

„Jaaaaa ...“, ruft Michael, „erinnere dich endlich!“

„Jaaaaa ...“, schreit Josef, „wie sollte ich das denn vergessen!“

„Ich wollte, dass du mich fotografierst ..., Josef, mein Freund, ... damit man einmal weiß, dass es mich gegeben hat.“

Stille.

„Wo kommst du her?“

„Na von da, alter Mann.“

Josef verspürt einen Druck auf seiner Brust.

*

„Was gibt es Neues bei uns?“, fragt Josef den Taxifahrer, als er auf dem Bahnhofsplatz seiner Heimatstadt in dessen Wagen steigt.

„Nichts“, murmelt der Taxifahrer. „Nichts. Alles Scheiße, deine Ella!“ Er spuckt seinen Kaugummi aus dem Fenster und versinkt im Fahrersitz. Eine abgegriffene Schiebermütze sitzt auf einer großen dunklen Sonnenbrille und verhindert, dass sein Gesicht zu erkennen ist. Er schweigt, als hätte man ein Radio ausgeschaltet.

Die Einheimischen tapsen wie zu früh aus dem Winterschlaf gerissene Bären mit verklebten Augen und krummen Rücken durch die Gassen. Der Frühling tut ihnen wohl, denn in Josefs Heimatstadt, umrandet von hohen Bergen, ist der Winter lang und kalt und manches kann ohne Liebe und Zärtlichkeit schnell erfrieren.

„Aaaarrrrsssscccchhhhllööócheeerrrr!", schreit der Taxifahrer plötzlich und springt auf die Bremse. „Sie fressen, saufen und vögeln, wie und wo es sich ergibt." Er hupt, und das Knäuel Betrunkener gibt endlich die Straße frei.

„Halt!", ruft Josef.

Der Taxifahrer schreibt seine Rechnung und schimpft wie eingelernt weiter.

*

Auf der höchsten Erhebung am Rande der Stadt erwartet Josef sein Elternhaus. Nicht einmal bei seiner Geburt hat man ihn dort willkommen geheißen. Auch heute begrüßen ihn nur die Vögel mit fröhlichem Gezwitscher und Flugkunststücken. Niemand hat sich um den Garten und das Haus gekümmert. Der frische Frühlingswind rüttelt dürres Geäst wie bleiche Knöchelchen aus den Baumkronen und Sträuchern und trocknet die noch winterfeuchten Wiesen. Die Fensterläden sind unanständig weit geöffnet. Von den Hauswänden bröckelt Verputz. Fensterscheiben sind eingeschlagen, Dachziegel fehlen. Dem Haus ist die Seele abhanden gekommen, Josefs Mutter.

„Hier, Michael, mein Junge, am Tag nach meinem letzten Besuch zu Hause, war sie neben diesem Tisch tot zusammengesunken. Fünfundneunzig Jahre alt!

‚Pepi, fahre weg', hatte sie mir immer gesagt. ‚Um Gottes Willen, Recht hast du, Pepi. Fahre weg, hinaus in die Welt, solange du jung bist. Vielleicht findest du etwas Besseres. Als ich konnte, getraute ich mich nicht, und als ich wollte, konnte ich nicht mehr.'

Dann erzählte mir Mutter von Vaters Angst nach seinem ersten Herzinfarkt. Denn der Tod zweier Kinder war auch für ein Vaterherz vom Berg schnell einmal zuviel.

‚Er drückte sich fest an mich, redete und redete. Er war Zimmermann, war von den Bergen heruntergestiegen, um mich zu erobern', prahlte meine Mutter. ‚Die Männer von den Bergen waren arm, aber stolz. Es gab hübschere, aber er konnte tanzen so rund wie ein Rad. Wenn ihm etwas nicht passte, schlug er zu, dann half kein Gott und kein Erbarmen. Ich habe es geliebt, dass er alles zu forsch anging und sich dabei immer irgendwo den Kopf blutig stieß. Aber ein *Ich liebe dich* hat er mir nie gesagt!' Ich ließ sie reden", sagt Josef, „und ging. ‚Niemals', rief sie mir hinterher."

Stille.

„Erzähle weiter, alter Mann", sagt Michael.

Doch Josef schweigt. Im Haus riecht es nach dem Schweiß seiner Mutter. Staub überall. Grün schimmernde, von Schimmel überzogene Brotscheiben liegen auf dem Tisch. Die Pfanne mit ranziger Butter und eingetrocknetem Schinken steht auf dem Herd, als würde die kleine, korpulente Frau, Josefs Mutter, gleich aus ihrem Schlafzimmer wanken, um zu frühstücken.

Der alte Buchsbaum steht hinter dem Haus und seine grünen Schellenblätter glänzen saftig im Sonnenlicht. Da und dort schlagen schon die Blüten des Ginsters aus.

Josef steigt in den buschigen Baum und lehnt sich an seinen Lieblingsast. Er schließt die Augen, beginnt, zu summen und mit dem Ast im Rhythmus zu schwingen.

*

„Und warum kann ich dann nicht?“, jammert der Bürgermeister der Stadt in den Bergen, nackt auf der Liege der Ordination von Dr. Abweger. Als hätte der liebe Gott gesagt: ‚Für einen Bürgermeister hast du genug gevögelt‘, und ihm die Libido ausgeknipst wie eine Taschenlampe.

Soll Dr. Abweger dem eitlen Mann sagen, dass sein Potenzproblem eine psychosomatische Reaktion auf seine Ängste ist?

‚Vögeln ist nicht lebensnotwendig‘, denkt der Arzt, ‚da kann man schon einmal ein hippokratisches Auge zudrücken.‘

„Wer bin ich denn!“, explodiert der Bürgermeister, denn zu viele Verletzungen sind in sein Lebensheft eingetragen.

‚Dein verdammter Jähzorn wird dich noch einmal die Karriere kosten‘, hört er die Stimme seines Vaters, des alten Bürgermeisters.

Dr. Abweger lächelt und bittet ihn zu gehen, das Wartezimmer ist übervoll. Diese unsichere Zeit fordert viele ähnliche Opfer.

„Lachen Sie nur“, mault der Bürgermeister, „ja, lachen Sie nur, wer zuletzt lacht, lacht am besten!“

„Endlich genügend Luft bekommen“, bittet der asthmakranke Pfarrer der Stadt in den Bergen seinen Gott im stillen Gebet. „Und den fetten, selbst geräucherten Speck essen dürfen“, ja, das wünscht sich der füllige Mann.

‚Gottchen, Gottchen, wenn ich noch einmal auf die Welt komme, dann will ich zwei Meter groß werden, und einen riesigen Schwanz‘, denkt der Journalist heimlich am Stammtisch. Der klein gewachsene Mensch pflegt mit seiner verkrüppelten rechten Hand zu onanieren, während er schreibt.

‚Am liebsten aber wäre ich bisexuell, das wäre die göttliche Gnade, beides erleben zu dürfen!'

„Meine frische Frau wird mir Jungen schenken!", lispelt der hasenschartige Bestattungsunternehmer am Wirtshausstammtisch. Denn er hat, für alle unerwartet, geheiratet.

„Und die Mädchen?", fragt der Journalist grinsend.

„Mädchen?", wiederholt der Bestatter verwundert, „Ich bekomme Jungs!"

„Schade", sagt der Journalist.

„Sch...a...a...de?" Der Bürgermeister hebt seinen Kopf von der Eichenplatte, auf der er betrunken eingenickt war. „Sch...a...a...de? Worum? Hm?" Doch niemand geht auf den Bürgermeister ein. Jeder spürt, dass ihm etwas gegen sein innerstes Schienbein getreten haben muss. Und gerade jetzt auch noch der Mord an einem einheimischen Jungen.

*

Heute ist Dr. Abweger uneingeladen in der Sitzung des Stadtrates erschienen, die wie immer im Extrazimmer des Wirtshauses stattfindet. Er hat etwas Wichtiges zu sagen: „Es fehlt euch ein Krieg, das ist das Problem, ja, es fehlt euch ein Krieg." Dr. Abweger ist ein Zugewanderter, und doch ist er bei den Einheimischen ein äußerst geachteter Arzt. Die Stadträte sind neidisch auf den asketischen Junggesellen. Dr. Abweger entstammt einer Schlosserfamilie, die vor dem Krieg aus dem Nachbarstädtchen am Meer zugezogen ist. Bei Kriegsbeginn, als auch seine Eltern in die Lager abtransportiert wurden, hatte er die Lehre als Schlosser beendet. Als Einheimische sich den Burschen für die Deportation in ein

Lager schnappten, erbot er sich, ihnen die Safes in den Wohnungen der Zugewanderten zu öffnen, um sie zu plündern. So überlebte der Junge im Gegensatz zu seinen Eltern. Er floh schließlich zu seinen Großeltern ins Nachbarstädtchen am Meer und studierte dort nach dem Krieg Medizin.

*

Josef holt eine Flasche Schnaps aus dem Küchenbüffet und gießt sich ein.

„Bist du hier im Haus geboren?", fragt Michael.

„Nein, im Krankenhaus. Entweder wollte Mutter mich nicht hergeben oder ich wollt nicht aus ihr heraus. Als ich doch noch auf dieser Welt auftauchte, wurde Mutter ohnmächtig und ließ mich allein. Ach, ich liebe Schnaps, mein Junge."

„Trink nicht so viel!"

„Kaum hatte ich die ersten neun Monate überstanden, hatte ich einen Blinddarmdurchbruch. Im Krankenhaus wurde das nicht erkannt. ‚Dann hat er halt Blinddarmdurchbruch', sagte der Professor, ‚dann kann sowieso nur noch ein Wunder helfen, dass er durchkommt!'

Ich wurde wie ein Stück Fleisch von einem Arzt zum nächsten gebracht und begutachtet und schließlich vom Professor operiert. Von diesem Zeitpunkt an fand der Professor Gefallen an mir.

‚Der Junge ist begabt', sagte er erfreut, wenn ich wieder eingeliefert wurde. Diphtherie, Angina, Mittelohrentzündung, Grippe, Masern, Röteln. Mein älterer Bruder sah die schönen Dinge, die ich im Krankenhaus bekam und die es zu Hause nicht gab: Pudding, Kakao, Schokolade und Eis.

‚Dem Hinterling fliegen die gebratenen Tauben von selbst in den Mund', sagte Vater."

„Was ist ein Hinterling, Josef?“

„Das schwächste Junge eines Wurfes, das bekommt, was übrig bleibt. Mein älterer Bruder war gesund. Er spielte so gut Fußball, dass die Mädchen rot wurden seinetwegen. Ich versteckte mich im alten Buchsbaum und träumte von der großen Welt. Ich träumte mich in tiefe Urwälder, stieg auf hohe Berge, durchquerte heiße Wüsten und steuerte Schiffe auf allen Meeren der Welt und war ein Held.“

Stille.

„Hattest du Freunde?“

„Ein neues Brüderchen war kurz nach der Geburt gestorben. Sein Gesicht hatte ich schnell vergessen. Nicht vergessen aber konnte ich die viele Schokolade, die wir seinem Tod verdankten.

Ich hatte außer meinem Großvater vorher noch keinen Toten gesehen. Er war zwei Monate vorher gestorben. Er hatte mit seinem großen Schnurrbart und der Kieferbinde lustig ausgesehen. Bei ihm gab es keine Schokolade. Wir schlichen uns ins Totenzimmer. Seine langen Schnurrbart-enden waren von Zigaretten geräuchert. Wir zupften daran. Ätsch, jetzt schlag, wenn du kannst!

So rächten wir uns für die Ohrfeigen, die wir von ihm bekommen hatten, wenn wir ihm nicht von Vaters Bier aus dem Keller brachten.

Wozu uns der liebe Gott später das Schwesterchen geschenkt hat, um es uns wie das Brüderchen zu nehmen, hab ich nie begriffen. Ich trug sie auf dem Arm. Hab ihr in die Augen geschaut, sie lieb gehabt und plötzlich war sie tot. Diesmal lehnte ich Schokolade ab. Als sich alle zum Beten für das Schwesterchen in der Küche versammelt hatten, schlich ich zu ihr. Ihre kleinen Händchen hatte Vater zum Beten gefaltet. Weißer Schaum umrandete ihre Mundwinkel, und die blauen Lippen schienen wie mit Klebstoff verschlossen, der verhinderte, dass sie mir ihr schönes Lachen noch einmal schenkte. Die Äugelein, die so lustig strahlen konnten, waren geschlossen und hatten rundum blaue Ränder. Ich fuhr ihr mit der Hand über die Stirn, ich flüsterte ihr ihren Namen ins Ohr, als könnte ich sie wecken. Plötzlich die Türe. Vor Schreck rutschte ich vom Stuhl. Mutter riss mich hoch, schlug mir ins Gesicht."

Stille.

„Ich floh und hörte Mutter hinter mir im Zimmer weinen.

Tja, so war das, Michael, mein Junge, so und nicht *anders*!" Josef leert sein Glas.

„Warum erzähle ich dir das jetzt alles, Michael?"

Josef sitzt da und schwitzt trotz der Kälte, die durch das offene Fenster in die Küche kriecht. Die Flasche ist mittlerweile halb leer.

„Warum, Michael?"

„Das weiß ich doch nicht, alter Freund."

*

Der Mond ist aufgegangen. Das Haus kauert wie ein kleines verwunschenes Schloss im Nebel auf der Anhöhe über der Stadt. Plötzlich fliegt ein Stein durch das offene Küchenfenster. Josef schließt Tür und Fenster und löscht das Licht. Kinder werfen wie jeden Abend im Schutz der Dunkelheit Steine und Dreckbatzen gegen das Haus und rufen Schimpfworte. Sie wollen ihren Spaß. Die Mädchen jauchzen, als würden sie von Geisterhand unsittlich berührt. Josef beobachtet sie hinter dem Vorhang.

„Es wird ihnen schon langweilig werden, mein Junge. Keine Angst."

Die Kinder dürfen wegen des Mordes an dem einheimischen Jungen nur noch im Rudel durch die Stadt ziehen.

Josef beginnt, leise für Michael zu singen, so wie er es für sich als Kind getan hat, wenn er Angst hatte. Da er die Lieder seiner Kindheit vergessen hat, singt er Lieder aus dem Krieg. Und wieder schlagen Steine an die Hauswand, und Schimpfwörter, die aus einem Kindermund noch hässlicher klingen, hallen durch die Nacht,

„Keine Angst, Michael, mein Junge“, sagt Josef, „das macht der Frühling, der Winter war lang. Übermut tanzt in ihren Hirnkästen Polka. Tamdara, Tamdara, Tamdara, Tamdara!“

Der alte Mann dreht sich unbeholfen im Kreis.

„Es juckt ihnen unter der Haut, sie müssen ihre Kraft loswerden.“

Stille.

„Erzähl doch weiter.“

„Wirklich?“

„Ja, es interessiert mich!“

„Ich wollte Fotograf werden. Wollte fotografieren, damit nie mehr etwas vergessen werde. So, wie die Bilder in den bunten Illustrierten beim Gemischtwarenhändler, die bewiesen, was auf dieser Welt ist und einmal war. Meine Mutter verlangte, dass ich Koch werde. Zimmermann, wie Vater, das wollte sie nicht.

‚Wenn ich nicht Fotograf werden darf, könnt ihr mich alle gern haben‘, sagte ich.

Ich verzog mich in meinen Buchsbaum und träumte, dass ich wie mein Brüderchen und mein Schwesterchen sterbe. Dass meine Mutter heulend an meiner Bahre steht wie bei meinen toten Geschwistern und schwört, ich dürfe alles machen, wenn ich nur wieder lebendig werde. Doch das Träumen verging mir und der Mutter das Strafen, ich bekam eine Hirnhautentzündung.

‚Wenn du mich jetzt wieder hierlässt, hab ich dich nicht mehr lieb, nie mehr', hatte ich meinem Vater gedroht, als er mich in das Krankenhaus bringen musste.

‚Bei Hirnhautentzündung stirbt man, bleibt ein Idiot oder man hat Glück. Werden sehen', murmelte Professor Blindarm, nachdem ihm mein Vater ein Kuvert mit Erspartem zugesteckt hatte. Ich hatte Glück, und der Professor verkündete nach zwei Wochen enttäuscht, dass mir weder im Kopf noch in der Seele etwas schief bleiben sollte. Aber mit Gesunden wusste er nichts anzufangen und so war erst einmal Schluss mit Krankenhaus.

‚Ich werde Fotograf', forderte ich.

‚Du wirst Koch!', befahl meine Mutter, ‚oder du kannst endgültig zum Teufel gehen! Essen müssen die Menschen immer. Und wenn es schlecht kommt, sitzt du wenigstens an der vollen Schüssel. Fotografieren kannst du, wenn du es dir leisten kannst.'

Als ich zum Widerspruch einatmete, bekam ich von ihr die letzte Ohrfeige meines Lebens.

‚Deine Schwester musste sterben', sagte sie, ‚und du ...'

Vater schwieg."

Stille.

„‚Hinaus mit dir aus diesem Haus, aus dieser Stadt, hinaus in die Freiheit', dachte ich. ‚Weg aus diesem Gefängnis, hin zu den Abenteuern, meinetwegen zum Teufel. Nur weg! Hin, wo einem das Leben um die Ohren fliegt. Dem Tod bin ich zweimal von der Schaufel gesprungen, was kann mir schon passieren.' Ich meldete mich freiwillig für den Krieg, der zwischen unseren Städten in die Zielgerade bog. Je schlechter es um unseren Sieg stand, desto lieber waren unseren Kriegsherrn junge wendige Burschen. Heißsporne, übermütige Draufgänger, die nicht lange mit Denken und Fragen verbrachten, sondern kämpften.

‚Ehe dich der Krieg umbringt, tu ich es', drohte mein Vater und verbot mir, zur Stellungskommission zu gehen. Aber der Krieg ließ Einwände sorgender Väter nicht mehr zu."

„Und Freunde?", fragt Michael wieder.

„Als ich vor der Kommission erschien, erkannte ich Professor Blindarm. ‚Ich schreib dich untauglich, Junge', flüsterte er, ‚keine Sorge!'

‚Ich ... will ... in ... den ... Krieg!'

‚Kommt nicht in Frage. Du bist mir zu schade. Wer weiß, was uns mit dir für die Wissenschaft noch heranwächst. Wenn du an der Reihe bist, wirst du deine Krankheiten aufzählen, den Rest erledige ich.'"

„Hei, Josef, alter Mann, was war nun mit Freunden?"

„Himmel noch einmal, Michael, wie hätte ich denn Freunde haben sollen? Meine Schulkameraden mochten keine Jungs, die singen. Jungen spielen Fußball. Außerdem dachten sie, ich sei ansteckend, wegen meiner vielen Krankheiten. Die interessierten nur den Professor. Die alten Kämpfer unserer Stadt kümmerten sich um mich, und der Gemischtwarenhändler, aber die waren alle alt. Zufrieden?"

Josef trinkt das Glas Schnaps auf einen Sitz aus.

„Du trinkst zu hastig."

„Wenn du meine Geschichte langweilig findest, sag es!"

Stille.

„Na gut: Also zog ich mich nackt aus, stellte mich vor die Kommission und meldete Namen, Geburtsdatum und Adresse.

‚Da hat einer geübt', sagte ein großer Mann im weißen Mantel, der aufstand, um mich zu untersuchen. Er horchte mein Herz und meine Lunge ab, schaute mir in die Pupillen, in den Hintern, in den Mund, zog meine Vorhaut zurück. Das erste Mal in meinem Leben wurde ich ernst genommen.

‚Was möchte er werden?', brüllte der Uniformierte.

‚Kriegsberichterstatter', sagte ich. Genau so wie es mir unser Gemischtwarenhändler aufgetragen hatte. Alle lachten.

‚Kriegsberichterstatter?'

‚Jawohl', bestätigte ich.

‚Warum?'

‚Weil ...', ich stockte. Für diesen Fall hatte mir der Gemischtwarenhändler keine Antwort mit auf den Weg gegeben.

‚Weil ...', stotterte ich, und holte den Fotoapparat, den mir der Gemischtwarenhändler geschenkt hatte, aus dem Rucksack. ‚Weil ... weil ich einen Fotoapparat habe!'

‚Ja dann, das ist ein Grund', sagte der Uniformierte und alle lachten wieder, und ich lachte auch.

‚Dummer Hund, dummer. Alles für die Katze. Ewig schade', murmelte Professor Blindarm und drückte unwillig den Stempel auf das Formular.

‚Tauglich!'

‚Auf nimmer Wiedersehen, Herr Professor Blindarm', rief ich.

‚Abtreten!!'

Tja, so war das, Michael, mein Junge, so und nicht *anders*!"

*

Kurz vor Josefs Rückkehr ist der Totengräber der Stadt in den Bergen unerwartet verstorben. Als sich Josef bewirbt, trauen ihm die Stadträte nicht. „Was hat er die vielen Jahre nach dem Krieg drüben in der Fremde getrieben?"

„Vergesst nicht", warnt der Journalist, „er kommt aus der

Fremde in die Heimat, und eine Heimat ist blind wie eine Mutter, die ihre Kinder schützt! Vielleicht will er sich rächen?"

„Wofürrächen ... Pfffchchchiiicht?"

Stille.

Die graue Eminenz, der Polizeikommandant a. D. der Stadt, hat gesprochen. Er spricht nur, wenn Gefahr für die Stadt besteht. Der Mann erhebt sich für sein hohes Alter sehr flink und verlässt den Raum durch eine Seitentür. Die Stadträte bleiben ratlos zurück.

Josef betritt das Extrazimmer zum Vorstellungsgespräch.

„Warum willst du unser Totengräber werden?", fragt ihn der Bürgermeister.

„Ich kenne den Tod", sagt Josef.

Die Stadträte staunen.

„Er ist das Einzige, das uns wirklich gehört, und um sein Eigentum kann man sich nicht gut genug kümmern, also lasst mich das machen."

Da sich kein Einheimischer für diese Dienstleistung bewirbt, ernennt der Stadtrat Josef einstimmig zum neuen Totengräber.

*

„Wie Vieh hat man ihn geschlachtet", erzählt der hasenschartige Bestatter am Stammtisch der Stadträte.

„Ich bin eine Vertrauensperson. Aber dem kleinen, rotblonden Jungen hat der Mörder wie einer Katze das Genick gebrochen und dann, ja, die Augen ausgestochen. Stelle man sich das einmal vor. Ein einheimisches Kind, dazu ein Junge!"

„Die Tat hat große Ähnlichkeit mit dem Kindermord kurz nach dem Krieg", sagt der Journalist.

„Damals hatte es sich aber um einen zugewanderten Jungen, das Kind eines Deserteurs aus der Nachbarstadt, gehandelt", stellt der Bürgermeister richtig.

„Der Mörder hatte sich damals an dem Jungen sexuell vergangen!", sagt der Journalist.

„Nein, nein, mit der Hose", lispelt der Hasenschartige, „mit der Hose war alles in Ordnung."

„Und jetzt?", fragt der Journalist grinsend, „Ist mit der einheimischen Hose auch alles in Ordnung?"

Der Polizeikommandant a. D. übernimmt den Vorsitz der Sonderkommission zur Klärung des Mordes. „Wirkriegenihnsooderso!" Mit einem laut pfeifenden Einatmer verkündet er auf einer Pressekonferenz, was alle beruhigt: „DerTäteristfremdundwirkriegenihnbasta. Pfffchchiiiicht!"

*

Nachdem der Vertrag als Totengräber unterschrieben ist, begibt Josef sich in das Krankenhaus. „Sie sollten vorsichtiger sein", sagt der junge Arzt, während er Josef untersucht, „es wäre schade, wenn Sie durch eine Alltäglichkeit sterben. Bei der Krankengeschichte Ihrer Kindheit würde es mich schon sehr interessieren, wie es mit Ihnen weiter und zu Ende geht."

„Gib mir etwas gegen den Druck auf der Brust", sagt Josef. „Ich habe in meiner Jugend genug Zeit mit Kranksein vergeudet. Hundert will ich nicht werden!"

„Werden Sie auch nicht", sagt der Arzt lächelnd.

„Siehst du, Michael, mein Junge, Ärzte finden immer einen Weg, der einen himmelwärts weist!"

Wieder zu Hause, wirft Josef außer den Herztabletten gleich alle anderen Medikamente auf den Müll.

„Hei, alter Mann glaubst du, dass das gut ist?“

„Krankheiten, mein Junge, hat mein Großvater immer gesagt, Krankheiten kommen von selber und gehen auch wieder von selber! Irgendwann ist es sowieso aus.“

*

Die Krähen fliehen von der angrenzenden Wiese, auf die sich der Friedhof hin ausweiten soll. Gleich neben dem Grab des ermordeten zugewanderten Jungen soll nun auch der ermordete einheimische Junge seinen Frieden finden.

„Schon als Kind durfte ich mit meinem Vater und Großvater zur Brotzeit Bier, Wein und Schnaps trinken“, prahlt Josef. „Hinunter damit, eins, zwei, drei, Prost! Das war ein Leben, wenn es nur brannte im Hals, in den Kopf stieg und dort wie ein Sternflitzer explodierte.“

Das Okuliermesser liegt Josef wie ein sechster Finger in der Hand. „Einen Apfel so schälen, dass die Schale immer gleich dünn ist und nicht bricht“, sagt er. „Eine Birne in vier exakt gleiche Teile schneiden. Mit einem Schnitt haarscharf den Übergang von der bitteren Spitze der Gurke zum süßen Teil erwischen. Für diese Genauigkeit des Herzens wird es niemals Ersatz geben. Das ist wie ein gutes Foto. So eine Herzensgenauigkeit hat man, Michael, oder nicht!“

„Wäre es nicht an der Zeit mit der Arbeit zu beginnen, alter Mann?“

Josef nimmt Zollstab und Winkelmaß und beginnt, die Größe des Grabes abzustecken.

„Es ist ein ganz besonderer Moment, Michael, wenn man den Spaten in frisches, unberührtes Erdreich schlägt. Als öffnete man eine geheimnisvolle Tür, wenn man die Welt für ein Grab ansticht.“

„Wie bist du nach dem Krieg nach Hause gekommen?"

„Nachdem wir verloren hatten, ergab ich mich. Wir wurden gegen Lebensmittel aufgewogen und mit der Bahn nach Hause geschickt. In dieser Zeit kämpfte jeder um Brot, Wasser, eine wärmende Decke, um alles, was man zum Überleben brauchte. Trauer aber, Schmerz, Angst, die es in Überfülle gab, waren verboten.

‚Wir brauchen ein starkes Fundament. Unsere Herzen, in denen die Saat einer hoffnungsvollen Zukunft aufgehen muss, müssen sicher sein vor allem Weibischen! Wir brauchen Fröhlichkeit, gestern war gestern, aber morgen wird unser Morgen sein. Heute brauchen wir Mut, Fleiß, Treue und Kraft wie das Salz für die stärkende Suppe von morgen', forderte der Bürgermeister, der Vater des jetzigen Bürgermeisters, damals, kurz nach dem ersten Krieg auf dem Hauptplatz.

In der Stadt in den Bergen waren die Fabriken verschont geblieben; ebenso wie im Städtchen am Meer. Beide Städte hatten von Waffenproduktion wieder auf lebensnotwendige Produkte umgestellt. Trotz des Krieges war man sich in dieser Frage einig: Die Großinvestitionen durften beiderseits nicht gefährdet werden. Man hatte am Krieg gemeinsam gut verdient, also wollte man auch beim Wiederaufbau nicht abseits stehen. Gulasch-Kanonen standen am Bahnhof bereit, um uns den Aufbruch mit Gulasch einzustopfen wie Gänsen den Mais.

Ein Polizist befahl mir, Gulasch zu fassen und mich zur Arbeit zu melden. Ich wollte nach Hause. Der Polizist folgte mir. Durch die Küchenfenster meines Elternhauses drang ein schwacher Lichtschein, der Schornstein rauchte. Plötzlich musste ich weinen. Schnell griff der Polizist zu.

‚DahabenwirwohleinenSpionerwischt, Pfffchchchiiicht',

sagte der dicke Polizeikommandant beim Verhör in seinem Büro. Der Mann, den ich gleich wiedererkannte, schien mich nicht zu erkennen.

‚PapiereundwarumbistdunichtinUniform ...?‘, fragte der Polizeikommandant, um sofort erneut mit einem pfeifenden Geräusch nach Luft zu schnappen. Ich wiederholte nur Namen, Adresse und dass ich Kriegsberichterstatter war, und bat, dass man meine Mutter verständigen möge.

Ich wurde in eine Zelle gesteckt, in der man während des Krieges die Zugewanderten für den Abtransport in die Lager gefangen hielt.

Am nächsten Morgen öffnete sich die Türe und da stand meine Mutter. Wie ein Schifflein schwang ihr kleiner runder Körper auf ihren O-Beinen hin und her. ‚Komm Pepi‘, sagte sie nur und wir gingen nach Hause.

‚Zieh die Vorhänge zu‘, sagte sie und verschloss die Haustüre. ‚Immer nur Scherereien mit dir‘, schimpfte sie, gab mir ein Glas Milch und legte Brot und Butter auf den Tisch. ‚Iss!‘, sagte sie, ‚Pepi, von mir aus iss!‘

‚Du warst der Vaterbub und dein Bruder der Mutterbub!‘, sagte meine Mutter. ‚Ich weiß nicht warum, aber ihn hab ich lieber gehabt als dich. Es tut mir leid. Jetzt weißt du es!‘

Ich trank meine Milch und steckte das Brot in die Tasche. Ich wollte gehen. Ich wartete auf ein ‚Zieh dich warm an‘ oder ein ‚Pepi, wann kommst du wieder‘.

‚Vergiss nicht‘, sagte sie, ‚mir die Schafwollstrümpfe über die Füße zu streifen, wenn ich einmal sterbe, du weißt, meine kalten Füße!‘ Dann nahm sie meinen Kopf in beide Hände, schaute mir lange in die Augen als suchte sie darin eine Antwort für alles Erlebte. Dann küsste sie mich das erste Mal im Leben auf den Mund.“

Josef öffnet seine Thermosflasche, in der er den Schnaps vor den neugierigen Augen der Einheimischen versteckt, und nimmt einen großen Schluck. Als es am Friedhof zu regnen beginnt, zieht er seinen Mantel über. Er streicht mit der rechten Hand das Brotzeitpapier glatt.

„Die Knitterzeichen auf dem Wachspapier sind für mich der Friedhofsplan", prahlt Josef. „So finde ich blindlings jedes Grab!"

„Jedes?"

„Ja!"

„Glaub ich nicht!"

„Sag mir, Michael, wessen Grab du suchst, und ich zeige es dir."

„Meines?"

Stille.

„Aber können tu ich es, das habe ich gelernt! Auf meinen Reisen, auf diesen vielen, erfolglosen Reisen zu dir, mein Junge, beschäftigte ich mich mit Friedhöfen. Du schweigst, mein Junge?"

Stille.

„Auch gut!"

„Schon als Kind war ich für alles rund um den Tod begabt. Auf unserem Bauernhof beim Schweineschlachten hielt ich die grüne Plastikschüssel, mit der man das Blut beim Stechen auffing, so nahe, dass mir das hervorspringende Blut aus dem Herzen des Tieres ins Gesicht spritzte. Ich hackte tags darauf mit meinem älteren Bruder zusammen Mutters Legehennen die Köpfe ab, weil mir das spritzende Blut gefiel. – Ich rede und rede und vergesse dabei ganz, das Grab zu schaufeln", sagt Josef.

„Erzähle weiter."

„Das interessiert dich, Michael?"

„Wenn ich es sage?"

„Mein Bruder ging, nachdem ich die Einberufung bekommen hatte, auch zur Stellungskommission. Auch er gab seine gewünschte Waffengattung an. Panzerfahrer! Doch da mein Bruder keinen Fürsprecher wie ich in Professor Blindarm hatte, wurde er als MG Schütze I gemustert und sofort an die Front geschickt. Der Krieg saugt die Soldaten auf wie das trockene Brot den Kaffee, hatte der Mann bei der Stellungskommission zu ihm gesagt, da brauchen wir gesunde Burschen, die den Kugeln ihre saftigen Schnitzel entgegenhalten!

‚Ich will Panzerfahrer werden!'

‚Keine Angst, Junge', sagte der Mann, ‚es sind Millionen vor dir gestorben, also wirst du es auch können! MG Schütze I, Punktum!'

Die Herren lachten, aber unsere Eltern lachten nicht. Mein Bruder kletterte auf den blühenden Kastanienbaum vor der Kirche und jauchzte der Stadt einen Abschiedsgruß zu. Erst als Mutter ihn vom Baum fischte, umarmten sich die beiden und weinten."

Josef schaut in den Himmel. Der Regen hat aufgehört. Nun ja, es wird bald dunkel werden und es lohnt nicht mehr, weiter zu graben. Er setzt sich auf den Grabstein nebenan und nimmt seine Thermoskanne.

„Als ich ungefähr so alt war wie du, Michael, Heiligabend, der Schnee lag hoch, da ging Vater mit mir und meinem Bruder zur Kirche, während Mutter den Baum schmückte. Es wurde früh dunkel, und als wir am Heimweg beim Friedhof vorbeikamen, sah ich ein Licht. Eine schöne gelbe Flamme, die in der Mitte des Friedhofes tanzte und mir zu winken schien. ‚Da brennt es', rief ich, ‚Vater, es brennt am Friedhof!' Mein Bruder sah nichts. Als mein Vater sich zu meiner Welt herunterbeugte, lachte er und sagte: ‚Das ist nur eine unglückliche Seele. Die Seele eines feigen Menschen, die herumirrt, bis sie erlöst wird.' Der Vater lachte, mein Bruder auch. Ich schaute wieder und wieder zurück, das Licht winkte mir noch immer.

‚Vater, was ist ein feiger Mensch?'

‚Ein Mensch, der nicht das tut, was ein richtiger Mensch zu tun hat', antwortete er.

‚Und was tut ein richtiger Mensch?', fragte ich.

Mit einem Ruck, zog er mich weiter durch den Schnee.

‚Jetzt komm und halt den Mund!'

Der Braten duftete, und alles war bald nur noch Heilige Nacht. An diesem Abend konnten mir die Lichter am Weihnachtsbaum das Licht der feigen Seele nicht überstrahlen. Danach schlich ich oft nachts auf den Friedhof und stellte mir vor, diese Seele zu erlösen. Aber das Licht blieb verschwunden. Mir gab der Friedhof von da an ein Gefühl der Sicherheit. Keine Prügel gab es hier. Keine Lieblosigkeit, keine Kälte, nur Frieden, sonst nichts."

„Warum weinst du, alter Mann?"

Stille.

„Nachdem ich mich von meiner Mutter verabschiedet hatte, lief ich durch zerstörte Gassen Richtung Bäckerei. Ich hoffte, Ragusa zu sehen, meine Jugendliebe. Vielleicht hatte sich im Laufe des Krieges ja alles anders entwickelt und ich traf Ragusa alleine? Vielleicht wartete sie schon auf mich? Nach einem halben Jahr an der Front hatte mir Ragusa in einem Brief von ihrer Absicht geschrieben, den Sohn des Bäckers zu heiraten. Da spürte ich erst, wie sehr mich etwas mit ihr verband."

„Liebe?"

„Ich weiß es nicht, Michael. Je länger der Krieg dauerte,

desto stärker wurde dieses Gefühl. Aber mein Stolz war zu groß, ich schrieb ihr nicht."

„Als ich in die Gasse einbog, in der das Haus des Bäckers stand, fand ich das hell erleuchtete Gebäude unversehrt. Einheimische tauschten Wertvolles gegen Brot. Ragusa in einer schneeweißen Schürze gab das Brot aus, nachdem ihr Mann die Tauschware begutachtet hatte. Wie schön sie war.

‚DasistverbotenKünstler, Pfffchchchiiicht!', schnaufte mir plötzlich der Polizeikommandant der Stadt in den Rücken. Ich drehte mich zu ihm und der feiste Mann in seiner engen Uniform lächelte.

‚Dahastdualsoüberlebt ... Pfffchchchiiicht!'"

Stille.

„‚IchwarwegenProblemendem ... Pfffchchchiiicht! ... Erschießungskommandozugeteiltwashättichtunsollenverstehstdumichdennichhabe ... Pfffchchchiiicht! ... EswareinUnglückichverstehstdumichwassollteichdenn ... Pfffchchchiiicht!'

‚Erschieß mich', sagte ich, ‚mach, was du willst, aber das, was du möchtest, kann ich dir nicht geben. Damit musst du selbst fertigwerden.'

‚DumusstdichfüreineArbeitsstellemeldeninderFabrik ... Pfffchchchiiicht ... aberichkanndirdasersparenwennduverschwindest.'

Und wieder atmete der feiste Mann pfeifend ein.

Ragusa war glücklich verheiratet. Der Stadt war ich nichts schuldig. Also gab es nichts, für das es sich gelohnt hätte, hierzubleiben.

‚Gut', sagte ich, nickte, ließ den Polizeikommandanten stehen und ging. Noch am gleichen Tag machte ich mich auf meine Wanderschaft in die Welt."

*

Seit seiner Rückkehr hat Josef noch keine Zeit gefunden, mit seinem Auto zu fahren. Er hat keine Geduld zu warten, bis die Vorglühlampe aufleuchtet, sondern dreht den Schlüssel einfach um, und als er das Gaspedal ohne Rücksicht durchtritt, erwacht sein silbernes Diesel-Cabrio mit einem Furz aus dem Winterschlaf in der Scheune.

„Das hat man davon, mein Junge", sagt Josef, „wenn man von klein auf eingebläut bekommt, man sei für Maschinen unbegabt. Dann müssen es eben die Maschinen leiden! So ist das, Michael, so und nicht *anders*!"

Ragusa nimmt jeden Sonntag denselben Weg zur Kirche. Josef fährt an der schwarz gekleideten Frau vorbei. Als er sie erkennt, hält er an. Bevor er noch lange überlegen kann, hat er wie selbstverständlich die Beifahrertür geöffnet. Ragusa ist überrascht, zögert, steigt aber doch ein.

Wenn man selber in Sicherheit ist, ist alles schnell vergessen wie der Schmerz eines anderen Menschen.

„Grüße dich", sagt Ragusa selbstbewusster, als ihr zumute ist. Sie setzt sich auf dem engen ledernen Sportsitz des Cabrios zurecht.

„Ich grüße dich auch", murmelt Josef.

Nach den vielen Jahren klingt ihrer beider Gruß, als hätten sie sich damals für heute verabredet. Er lässt die Kupplung schleifen. Die Reifen quietschen. Zwischen den beiden Alten fällt kein Wort. Josef fährt wie immer großzügig mitten auf der Straße, und die anderen Autos weichen frühzeitig aus. Durch die Löcher im Lederdach tropft Morgentau auf die roten Sitze. Ragusa ist aufgeregt. Sie riecht ihren Schweiß, die Scheiben beschlagen. ‚Gott sei Dank habe ich Parfüm aufgelegt', denkt Ragusa. Josef rümpft die Nase. Frauen sollen nicht nach Parfüm riechen. Die Stille ist Ragusa unangenehm. Ihr Mund ist trocken. In solchen Situationen beginnt sie leise zu pfeifen. Es drängt sie zu sprechen, aber worüber? Sie nimmt ihr Taschentuch, wischt damit die beschlagene Windschutzscheibe frei. Sie sieht sich sein Gesicht von der Seite an. Er schaut nur stur auf die Straße und hält sich am Lenkrad fest.

‚Alt ist er geworden', denkt sie. Seine Brauen sind buschige Wülste, unter denen sich die kleinen, noch immer listigen blauen Augen verstecken. Die Wangen sind zur Nase hin durchzogen von rotblauen Äderchen. Weiße Bartstoppeln überdecken seine großporige Haut. Das fettige rotblonde Haar hängt ihm vom Glatzenansatz über sein Gesicht wie Spaghetti aus dem Topf. Sie muss lachen.

„Wie ist es passiert?", fragt Josef plötzlich.

„Herzinfarkt", antwortet sie, abrupt aus ihren Gedanken gerissen. „Mein Mann starb in der Backstube."

„Hat er leiden müssen?"

„Nein, ich ... ich glaube nicht. Ich war nicht dabei, aber ich glaube nicht. Es war am frühen Morgen und ..."

„Ah ja, soso, na ja ...", unterbricht Josef sie erneut.

Ragusa spürt sein Unbehagen und schweigt.

Kinder begleiten sie schreiend auf die steile Kuppe. Links geht es zum Wirtshaus und rechts zur Kirche. Heute entscheidet Josef sich auf Ragusas Wunsch für rechts.

„Verflucht", schimpft er. Er hat wie immer an dieser Stelle einen zu hohen Gang ins Getriebe gestoßen. So springt das Auto untertourig wie eine Kröte mit einigen letzten großen Sätzen auf den Kirchplatz, bevor der Motor stirbt. Da steht das silberne Gefährt wie ein UFO vor der Kirche. Die Glocken rufen zum Gottesdienst. Josef, in seinem dicken Mantel und den schweren Lederstiefeln, wälzt sich aus dem engen Auto. Er streicht seine langen Haare nach hinten und wischt mit dem

Taschentuch über Gesicht und Glatze. Jetzt erst bemerkt er die schwarze Limousine, die ihnen die ganze Strecke über gefolgt ist und mit laufendem Motor abseits parkt. Hinter den dunklen Scheiben sind zwei Gestalten zu erkennen. Doch Josef kümmert sich nicht darum, sondern geht, nachdem er Ragusa die Tür geöffnet hat, Richtung Kirche. Ragusa genießt diesen Auftritt. ‚Jetzt sollen sie einmal einen wirklichen Grund haben, sich das Maul über sie zu zerreißen', denkt sie erregt. Sie grüßt laut und freundlich nach allen Seiten. Bei Ragusa haben es die alten Kämpfer lange nicht wahrhaben wollen. Einer solchen Frau muss doch ein richtiger Mann fehlen, dachten sie. Da haben sie schon Recht, denkt Ragusa, aber wenn ein Mann, dann Josef und sonst niemand.

Josef reiht sich in den Kreis der Einheimischen ein, die auf dem Kirchplatz stehen.

„Du wirst auf deine alten Tage doch nicht noch zu Gott wollen", lispelt der Bestatter, der mit seiner jungen Frau vor der Kirche steht. Die Einheimischen lachen.

„Wer weiß", sagt er und blickt in den Himmel, „wer weiß?"

„Wie soll so einer wie du in den Himmel kommen?"

„Na fliegend", sagt Josef lachend, „fliegend!"

Der Bestatter staunt.

„Wenn ich sterbe, werde ich begraben", sagt er. „Dann kommt der Wurm, der frisst mich. Der Wurm krabbelt an die Oberfläche und schnapp, kommt ein Vogel, und schon fliege ich!"

„Blasphemie!", ruft der Bestatter. „So einer wie du kommt in die Hölle, das ist sicher, aber zu Fuß!" Er lacht laut, aber allein.

So unterhaltsam den umstehenden Einheimischen ein solches Geplänkel ist, man muss ja nicht um Josefs Bösartigkeiten betteln, denken sie und ziehen sich zurück.

„Warum?“, fragt Josef ruhig.

„Was, warum?“

„Warum willst gerade du dich mit Himmel und Hölle auskennen?“

Stille.

„Siehst du“, sagt Josef, „denn dazu muss man erst einmal leben, mein Freund. Man muss erst einmal richtig leben, solange bis man vor Angst in die Hosen scheißt. Aber dann muss man lachen, wenn es stinkt. Aber laut! Wenn man kann! WENN MAN KANN! So ist das und nicht *anders*!“

Der Bestatter tritt, nachdem ihn seine junge Frau mit dem Ellenbogen in die Seite gestoßen hat, einen Schritt auf Josef zu.

„War nicht so gemeint, Herr Kollege“, murmelt er.

„Doch, doch!“, unterbricht Josef ihn. „Genauso hast du das gemeint.“ Die schwarze Limousine fährt an und braust im selben Moment haarscharf an den Männern vorbei.

Mit hochrotem Kopf wacht Ragusa in der Zwischenzeit in der Kirche über das freie Plätzchen neben ihr. Die Blasmusik steht gedrängt neben dem Altar und spielt für sie viel zu schwierige Kirchenmusik. Josef setzt sich zur Verwunderung aller neben Ragusa. Der Pfarrer blickt in die Runde seiner Gemeinde, als er mit einem Tusch der Blasmusik in seine Kirche einzieht.

Ragusa geht der Atem hoch. Josefs Uniformmantel dampft im Licht der Sonne, das durch die Kirchenfenster blinkt, als hätte sich der Leibhaftige eingeschmuggelt. Als Hochwürden ihn inmitten der Frauen erblickt, erschrickt er und spürt einen Asthmaanfall heraufkommen. Gerade heute will er erstmals das neu vertonte Vaterunser a capella singen. Und prompt bricht ihm die Stimme weg. Er verheddert sich mit dem Text und ringt mit rasselndem Atem um Luft. Von der darauf folgenden Predigt, bei der er immer wieder den Faden verliert, ganz zu schweigen.

Ragusa schmiedet indessen Pläne für ihre Zukunft mit Josef. ‚Ja, so schnell geht das', denkt sie. ‚Wenn das Glück nochmals anklopft, mache die Tür auf, pack es, wo du es erwischst, egal, zieh es rein und schließ gut ab.' Sie freut sich darauf, bald wieder farbenprächtig angezogen zu sein. Unbedarft spazieren zu gehen, mit einem starken Mann wie Josef an ihrer Seite. Immer wieder droht Ragusa aus Übermut ein Jubelschrei zu entschlüpfen, so glücklich ist sie. Seit ihr Mann gestorben ist, hat sie ihre Sehnsüchte hinter schwarzen Kleidern verbergen müssen, wie es die Tradition vorschreibt.

‚Nur nicht übertreiben jetzt', denkt sie. ‚Nur nicht übermütig werden. Wenn es sein soll, dann wird es mit Josef ja nun endlich werden.' Es hat sich gelohnt. Die Tränen. Die langen, einsamen Nächte, die Angst vor der Zukunft. Das schmerzende, noch übervolle Herz. Den körperlichen Verfall zu ertragen ohne Hoffnung. Während das Fleisch vor Sehnsucht nach Kraft und Zärtlichkeit brennt und immer welker wird.

‚Wenn man wirklich liebt, darf man eine Hoffnung nie sterben lassen und dauert es auch eine Ewigkeit', denkt Ragusa.

Die Einheimischen leiern ihre Gebete im gleichen Singsang wie in seiner Schulzeit herunter. Die Kinder machen sich mit Zeichen über die Folterbilder der Märtyrer an den Wänden lustig. Der Alte greift mit seiner Linken nach der Rechten Ragusas und legt sie sich in seinen Schritt. Ragusa erschrickt, ein lang vermisstes Kribbeln kriecht ihren Rücken hinauf über den Nacken. Ihre Hand zittert, als sie die Wärme seiner Schenkel durch die Hose spürt. Sie dreht sich zu ihm. Er lächelt, nickt ihr zu, schließt die Augen, grunzt tief und schläft ein. ‚Ein Fuchs ist er schon', denkt Ragusa, ‚ein gerissener Fuchs.'

*

Josef traf sich, seit der Krieg begonnen hatte, einmal die Woche auf dem Fußballplatz mit den alten Kämpfern der Stadt zum Exerzieren. Wie seine Kameraden konnte auch Ragusas Großvater, ein ehemaliger Offizier, als Pensionist nicht vom Militär lassen. Sie trugen alte geflickte Uniformen, die sie sich mit selbst gebastelten Orden aufgefettet hatten. Ein echter Krieg war ihnen in ihrer aktiven Zeit versagt geblieben. Für den ersten waren sie zu jung und nun zu alt. „Ein Soldat ohne Krieg ist wie ein Mann ohne Schwanz", sagte Ragusas Großvater. Einzig als Ordner beim Fußball, bei Grillfesten und als Lotsen für die Schulkinder waren sie noch zu gebrauchen. „Dein Bruder ist eine Lusche", sagte Ragusas Großvater am Vorabend von Josefs Abreise. „Aber du wirst ein Erster!"

Die alten Kämpfer applaudierten ihrem Kommandeur mit feuchten Augen. Die Flaschen mit Schnaps begannen die Runden zu drehen. Ohne Schnaps keine Stimmung, nicht unter ihnen noch in der Stadt und schon gar nicht in der Welt.

„Ein Mann ist erst ein richtiger Mann", sagte Ragusas Großvater, „wenn er ... du weißt schon, mein Junge?"

Josef wusste es nicht, er spürte nur den Schnaps, der sich langsam wie eine warme Wollmütze über sein Hirn rollte. Da kam plötzlich eine Frau aus der Vereinshütte, in der sich sonst die Fußballer umzogen.

„Darf ich vorstellen, das ist Fräulein Ida", sagte Ragusas Großvater. „Fräulein Ida, das ist unser Josef." Er schob Josef in Richtung der Frau. „Kamerad", sagte Ragusas Großvater unter Tränen, „betrachte Fräulein Ida als unser Abschiedsgeschenk. Auf dass du uns alle Ehre machst auf dem Schlachtfeld. Prost!"

„Und Ragusa?", fragte Josef halblaut.

„Mein Junge", sagte er, „Ragusa ist eine Illusion, aber das hier ist das Leben!"

*

Josef hat es sich inzwischen auf dem dicken Ast des Buchsbaumes gemütlich gemacht, schaut, während er die Schnapsflasche ansetzt, in die Sterne, die an diesem Abend zum Greifen nah sind. Es ist kälter geworden. Aber da er schon den ganzen Tag über getrunken hat, spürt er nichts davon.

„Hinter dem Soldatenstolz, mit dem Ragusas Großvater von seiner Enkelin sprach, versteckte er den Schmerz, dass sich seine Tochter mit einem Zugewanderten aus dem Städtchen am Meer eingelassen hatte und dieser Vereinigung Ragusa entsprungen war. Es fiel ihm schwer zu akzeptieren, dass das Kind nichts dafür konnte. Nicht einmal am Totenbett konnte er seiner an Krebs erkrankten Tochter, Ragusas Mutter, verzeihen. Die Flucht von Ragusas Vater in dessen Heimat am Meer zu Kriegsbeginn ermöglichte Ragusas Großvater, seinen Hass auf den Zugewanderten umzuschichten. Aber die Seele des verwaisten Enkelkindes, das seine doppelte Liebe gebraucht hätte, wurde von seinen spärlichen Zärtlichkeiten im Herzen nicht satt.

Fräulein Ida war nicht mehr jung, ihr Körper von kleiner Statur mit einem breiten Becken. Sie steckte in einem grünbraunen Kostüm und trug eine weiße Bluse, deren offene

Knöpfe tiefe Einblicke gewährten. Ihre Lippen waren blutrot bemalt und die Augen mit blauen Lidstrichen versehen. Ihre rostbraunen Haare hatte sie hochgesteckt. Wirtschaftsflüchtlinge nannte man solch welke Schönheiten aus der Nachbarstadt am Meer. Schmarotzer, arbeitsscheues zugewandertes Gesindel. Geflohen wegen was auch immer konnten sie hier als Putzfrauen oder Huren überleben. Sie waren gesund, billig und brauchbar für allerlei Schweinereien, die die einheimischen Frauen ihren unbefriedigten Männern nicht zu bieten bereit waren. Aber für den Menschen, der sich dahinter verbarg, interessierte sich niemand.

Auf Fräulein Idas gelber, durchsichtiger, rotgeäderter Haut piekten Sommersprossen, und die oberen Schneidezähne standen etwas nach innen. Sie reichte mir vornehm die Hand, die in einem weißen Spitzenhandschuh steckte und zog mich unter dem Applaus der alten Kämpfer mit sich in die Hütte. Eine Liege stand bereit, überzogen mit einer rupfigen Militärdecke. Auf dem Tisch standen zwei brennende Kerzen und eine Flasche Schnaps.

‚Setz dich, kleiner Josef, mein schöner junger Mann', sagte sie. Ihre Stimme war warm und angenehm, ‚lass uns Bruderschaft trinken.' Sie setzte die Flasche an und nahm einen tiefen Schluck, ich ebenfalls. Dann küsste sie mich auf den Mund.

‚Wir stehen auf der Wacht', rief Großvater von draußen und die Kameraden grölten.

Ja, lach nur, Michael, stell dir vor, wie peinlich mir das war!" Josef stoppt in seiner Erzählung und setzt sich auf dem Ast des Buchsbaumes zurecht. „Ich weiß gar nicht, ob ich dir davon erzählen darf, mein Junge?"

„Warum nicht?"

„Du bist ein Kind!"

„Ich war ein Kind!“

Stille.

„‚Das war nun also der Moment‘, dachte ich, ‚jetzt begegnest du also der Liebe.‘ Ragusa hatte sie mir zum Abschied versagt. Nun kam das Erlebnis auf mich zu, von dem alle dachten, dass ich es mit Ragusa schon längst hinter mir hätte.

‚Was ist, willst du dich nicht ausziehen, mein Junge‘, fragte Fräulein Ida. Ich spürte nur meinen vom Schnaps heißen Kopf und dass mir alles furchtbar peinlich war.

‚Ja, ja‘, sagte ich und begann, Hemd und Hose aufzuknöpfen. Als ich ihre weißen Brüste mit dünnen braunen Brustwarzen sah, die ersten nach denen meiner Mutter, stockte mir der Atem. Sie hingen schlaff über ihren weißen Bauch. Ich hatte das Hemd abgelegt und war dabei, die Hose herunterzustreifen, da stand Fräulein Ida vor mir in einer vergilbten Unterhose. Sie öffnete ihr fettiges Kopfhaar, das zu einem Knoten gebunden war. Wie ein öliges rotes Bächlein floss es über ihre mit Muttermalen übersäten Schultern. Als ich in meiner schwarzen Unterhose, die inzwischen vorne eine Auswölbung bekommen hatte, vor ihr stand, fiel bei Fräulein Ida der letzte Vorhang. Ich erinnerte mich an die erotischen Bilder meines Vaters. Darauf hatte alles gesünder ausgesehen. Fräulein Idas Haut war teigig am Bauch und auf den Oberschenkeln faltig. In ihrem Schritt war ein dichter Buschen rotes Haar eingeklemmt.

‚Na, gefalle ich dir, mein starker Junge?‘, hauchte sie.

Ich nickte unsicher, nahm erneut einen Schluck aus der Schnapsflasche. Die Mischung aus Schnaps und dem Anblick tat mir gut. Fräulein Ida streifte mir die Hose mit einem Ruck ab und fasste nach meinem Pimmel, der mir inzwischen wie ein Spieß steif in die Höhe stand. Ich zuckte zusammen, aber es tat mir wohl.

‚Das erste Mal, kleiner Josef?', fragte sie ruhig, lächelte und steckte mir dabei ihre Zunge abwechselnd in Mund und Ohr.

‚Jawohl, Fräulein Ida', sagte ich und war froh, ihre Zunge für einen Moment wieder losgeworden zu sein. Sie drückte mich auf die Liege, öffnete ihre weißen Schenkel und setzte sich auf mein Gesicht. Es roch nach Fisch, und Luft bekam ich auch keine. Überall kitzelten mich ihre roten Schamhaare.

‚Lecke mich, kleiner Josef', stöhnte sie leise. Ich verstand nicht. ‚Deine Zunge, du Dummer, steck mir deine Zunge ins Paradies!' Ich nahm all meinen Mut zusammen, schloss die Augen und steckte meine Zunge vorsichtig in das Ungewisse. Es schmeckte salzig, und überall Haare und Schleim, aber Fräulein Ida stöhnte. ‚Ich mache das also richtig', dachte ich und freute mich, es schien ihr zu gefallen. ‚So ist das also', dachte ich, ‚das ist Liebe.'

‚Fester, Josef, immer nur fester', stöhnte sie, ‚beiß mich, beiß mein kleiner Kaiser!' Etwas in mir verselbstständigte sich und ich biss zu.

‚Ah, spinnst du!', schrie Fräulein Ida kurz auf und fasste Pimmel und Hoden fest mit der rechten Hand, dass es mir wehtat. Sie lachte. Ihren Unterleib drückte sie auf mein Gesicht.

‚Josef ist richtig!', hörte ich Ragusas Großvater von draußen rufen. ‚Aus dem Jungen wird ein Erster!' Die anderen johlten.

Ich bekam keine Luft, stemmte mich mit den Händen gegen ihre Brüste. Aber je heftiger ich mich wehrte, desto mehr gefiel es ihr.

‚Ja, Josef, kleiner Kaiser, wehr dich nur!', schrie sie lachend.

Ich begann sie zu schlagen, überall hin. Fräulein Ida schrie und lachte gleichzeitig tief kehlig wie ein Tier.

‚So ist das also mit der Liebe, es muss wehtun', dachte ich und schlug auf sie ein. Ein ungeheures Gefühl hatte sich plötzlich meiner bemächtigt. Mir wurde abwechselnd heiß und kalt. Plötzlich stürzte alles durcheinander. Fräulein Ida schrie, ich ebenfalls und der ganze Himmel war voller vielfarbiger Sterne. Ich fiel in mich zusammen, Tod.

‚Vorbei, aus für immer', dachte ich.

‚Ach Josef, kleiner Kaiser', stöhnte Fräulein Ida, ‚das war ... schön!' Nach einer Weile küsste sie mich zärtlich und sackte geschmeidig neben mich auf den staubigen Fußboden. ‚So funktioniert das also', dachte ich mir, ‚das ist die Liebe', und war stolz. Sie kauerte, mit roten Flecken und blutigen Kratzern übersät, am Boden und fasste nach meinen Beinen, zog sich an ihnen hoch und legte ihren Kopf in meinen Schoß. Zärtlich streichelte sie mein Gesicht, was mir unangenehm war. ‚Es tut mir leid ... Fräulein Ida', sagte ich, ‚bitte ...'

‚Ach du Dummerchen, nein, nein.'

‚Hast du wen?', fragte sie leise und schaute mir dabei in die Augen. Ihre blauen Lidstriche waren verronnen. Sie blutete aus der Nase. Der rote Kussmund war verschmiert. ‚Ein Mädchen, meine ich, das dich lieb hat?' Ich schüttelte den Kopf. ‚Möchtest du nicht mich lieb haben, Josef mein Kaiser?' Dabei schmiegte sie zärtlich ihren Kopf an meine Brust. ‚So eine starke Brust', sagte sie leise, ‚da werden einmal viele Kinder Schutz finden.' Tränen rannen über ihr Gesicht. Es war mir unangenehm, denn plötzlich musste ich an Ragusa denken, wie sehr sie zum Abschied geweint hatte.

‚Kinder hätte ich gerne bekommen', fuhr Fräulein Ida fort, ‚viele Kinder. Und geheiratet hätte ich auch gern, sehr gern. Aber der Krieg, kleiner Josef. Der Krieg ist eine Sau, der macht einen zum Vieh!' Ich dachte dabei an Ragusa und fragte mich, ob die Liebe mit ihr genauso sein würde?

‚Wie war der Soldat?' Die alten Kämpfer mit Ragusas Großvater an der Spitze drängten herrisch in den kleinen Raum. Ihre Augen begannen zu leuchten, als sie Fräulein Ida sahen. Ich nahm meine Kleider. Sie machten sich mit ihren gichtigen Fingern an ihren Hosentüren zu schaffen und drängelten zu Fräulein Ida. ‚Josef, mein kleiner Kaiser!', Fräulein Ida versuchte, mich noch am Arm zu erwischen, um mich festzuhalten, während die alten Kämpfer schon an ihr zerrten. Ich riss mich los, verließ die Hütte.

‚Josef, pass auf dich auf, der Krieg ist eine Sau, der macht dich zum Vieh!'"

*

Die Kinder werden aus Josef nicht schlau. So sehr sie ihn auch ärgern, der alte Mann nimmt ihnen ihre Bösartigkeiten nicht übel. Nur mag er es nicht, dass sie in seinem Buchsbaum hocken. Josef hat für sie etwas Geheimnisvolles, wie eine Landschaft, über der sich der Nebel nur langsam lichtet und den Blick auf Ungeheuerliches frei gibt. Sie sind jung, denkt er, und haben ein Recht, Ungeheuerliches zu fordern. Aber dann beginnen sie unter lautem Johlen, Äste seines Buchsbaumes abzubrechen. Da ist es mit seiner Geduld vorbei.

„Lasst den Baum in Ruhe!", schreit Josef. „Der kann nichts dafür!"

Die Kinder erschrecken und drohen wie satt gefressene Raupen aus dem Busch zu purzeln. Er steht vor dem Buchsbaum wie ein Geist mit einem realen Holzprügel. Er strahlt die kleinen erschreckten Gesichter mit seiner Taschenlampe an.

„Wollt ihr was Warmes trinken?", fragt Josef.

Die Kinder ducken die Köpfe und schweigen. Herauszukommen getrauen sie sich nicht, drinnen bleiben können sie auch nicht, es wird kälter. Der Mut droht sie zu verlassen, und sie haben Hunger und Durst.

„Na gut“, sagt Josef, „dann geh ich, und wenn ich weg bin, haut ihr ab. Wenn ich euch noch einmal im Buchsbaum erwische, setzt es eine Tracht Prügel!“ Er schwingt zum Zeichen seiner Ernsthaftigkeit den Stock und will ins Haus zurück.

„Feigling“, ruft es plötzlich aus dem Strauch.

Josef dreht sich nach dem Rufer um und sieht das verschreckte Gesicht eines Jungen im Kegel der Taschenlampe.

„Michael?“

Die Kinder beginnen zu lachen.

„Michael!“, wiederholt Josef.

Die Kinder spüren, dass der Totengräber es doch sehr ernst meint. Ihr Lachen verstummt. Er kommt näher. Der Junge, der gerufen hat, rudert hilflos mit seinen Armen und sucht im Gestrüpp des Buchsbaumes nach Halt.

„Feigling“, ruft es plötzlich vielstimmig aus dem Baum. Josef ist dem Jungen, der nun erstarrt auf seinem Lieblingsast hockt, ganz nahe gekommen. Sein weißes Hemdchen ist schmutzig vom Herumklettern.

„Feigling, Feigling, Feigling“, gellen die Rufe der Anderen in die nebelige Nacht hinaus.

„Michael, bist du es wirklich?“

Er streckt seinen Arm aus, um den Jungen zu greifen. Plötzlich wieder der Druck auf der Brust. Die Kinder nutzen den unachtsamen Moment und flüchten schreiend aus dem Busch.

Ihre „Feigling“-Rufe klingen gespenstisch durch die Nacht. Noch immer lehnt der dicke Junge wie versteinert auf seinem Lieblingsast. Josefs Hand fest im Nacken. Der Alte tastet nach dem roten Haarschopf des Kindes. Der Junge beginnt, mit seinen kleinen Fäusten auf ihn einzuschlagen, doch der alte Mann lässt ihn nicht mehr los.

„Michael? Du bist es, Michael, mein Junge?"

Plötzlich sind die anderen Kinder wieder da. Raubkatzen gleich springen sie Josef hinterrücks an, klammern sich an seinen Hals, kratzen ihn und reißen an seinen langen Haaren. Es gelingt ihm nur mit großer Mühe, sie abzuschütteln. Ein gezielter Tritt eines Jungen in Josefs Schritt raubt ihm den Halt. Er stürzt, die Kinder umringen ihn staunend.

Josef weint. „Ich bin kein Feigling, wer kann so etwas behaupten?" Die Kinder verschwinden, und der Druck auf seiner Brust wird erst weniger, nachdem er seine Tablette genommen hat.

„Wie geht es dir, Josef, mein Freund?"

„Was treibst du für ein Spiel mit mir, Michael?"

„Was hast du? Erzähle!"

„Erzähl doch du einmal!?"

Stille.

„Na, was ist, mein Junge, hat es dir die Sprache verschlagen?"

Der Abend ist kalt, Nebel zieht auf. Josef schlingt seinen Mantel um seine Schultern. Er spürt die Schläge der Kinderhände überall. Er schnuppert an den schüsselförmigen Blättern des Buchsbaumes. Der Duft erinnert ihn an den Tod. An das Brüderchen, das Schwesterchen, den Großvater, den Krieg und an Michael. Josef lümmelt sich auf seinen Lieblingsast und schließt die Augen. Er beginnt, seinen Körper hin und her zu wiegen und leise zu summen, bis der dicke Ast im gewohnten Rhythmus schwingt.

„Wie ein Augenblick ist das alles vergangen, Michael, wie ein Augenblick. Als ich zum Zug ging, um an die Front zu fahren, hat mir die Mutter zwei dicke Brote eingepackt und mir zum Abschied die Hand gereicht. Mein Vater stand vor mir und starrte mich mit großen Augen an, als wollte er im letzten Augenblick noch herausfinden, wer der war, den er liebte."

Josef wischt sich die Tränen weg und sucht den Geruch nach Ragusa an sich.

„Unter Hunderten würde ich diesen Geruch erkennen, Michael. Ach was, unter Tausenden!"

„Ich habe sie zum Fasching das erste Mal geküsst", beginnt Josef zu erzählen. „Das heißt, sie mich. Ich konnte nicht tanzen, aber sie schnappte mich einfach. Angst habe ich gehabt, dass mein Bruder und seine Freunde mich auslachen könnten. Ragusa war hübsch, und die Jungs beneideten mich, der ich zu dick war, rothaarig, mit einem Gesicht voller Pickel. Und auf einmal küsste sie mich auf den Mund, dass alle es sahen, Michael."

Stille.

„Mein Bruder überließ mir das Fahrrad für Touren mit Ragusa nur unter der Bedingung, ihm danach unsere Erlebnisse haarklein zu erzählen. In meinen Erzählungen hatten wir es natürlich längst schon miteinander getrieben, obwohl ich nicht einmal ihren Bauchnabel gesehen hatte. Die Wahrheit war, dass wir uns stundenlang im Arm hielten, dass sie meine Hände weich und schön fand, dass sie es mochte, wenn ich ihr etwas vorsang, und ich, wenn sie mir zuhörte und meine Träume ernst nahm.

Als ich den Marschbefehl bekam, lief ich sofort zu ihr, um ihr die freudige Nachricht als Erster zu überbringen. Aber sie war traurig. Wir stritten. Es war, als wollten wir uns noch jede kleinste Verfehlung zum Abschied unter die Nase reiben.

Ich wollte, dass wir uns zum Abschied liebten, wie es bei Soldaten, die in den Krieg zogen, üblich war. So hatte es mir ihr Großvater, der alte Kämpfer, erzählt.

‚Mein Lieb', sagte sie, ‚nichts lieber als das, wenn wir verheiratet sind!'

‚Wie soll ich dich heiraten, wenn ich morgen früh weg muss?'

‚Du kommst wieder!'

‚Willst du mich lächerlich machen?'

Sie fasste mich mit beiden Händen und zog mich ganz fest an sich.

‚Liebst du mich, Josef, liebst du mich wirklich?'

‚Natürlich! Klar liebe ich dich!'

‚Ich liebe dich und wenn man wirklich liebt, mein Josef, wenn man wirklich liebt, dann bleibt sie auch, die Liebe, wo soll sie denn auch hin.' Und sie küsste mich.

Das hatte ich vom Händchenhalten. ‚Nicht einmal zum Abschied will sie mit mir Liebe machen', dachte ich und verzog mich wütend zu den alten Kämpfern, um mit ihnen Abschied zu feiern. Das war das letzte Mal, dass wir uns vor dem Krieg gesehen haben.

*

„‚Ich habe deinem Vorgänger nicht hineingeredet, er ist auch ohne mich krepiert', sagte mein Vorgesetzter, während er meinen Marschbefehl studierte.

Das ausgemergelte Gesicht des Vorgesetzten mit den tief liegenden kleinen Augen verschwand fast unter der Offiziersmütze.

‚Hast einen Fürsprecher, mein Junge. Bei mir gibt es aber keine Extrawürste, verstanden?'

‚Jawohl, keine Extrawürste!'

‚Abtreten!'

Unterkunft bezog ich im ‚Hotel zum Meerblick' am Hauptplatz. Im Keller war die Dunkelkammer eingerichtet. Der Hotelier war wie der Maronibrater ein Sympathisant und mir gegenüber großzügig. Ich nahm meine Kamera sowie genügend Filmmaterial. Meine zwei Zugeteilten brachten mich samt Ausrüstung mit dem Jeep in das auf einem freien Acker gelegene Lager. Jetzt bin ich jemand, dachte ich und schob mir stolz die Armbinde mit der Aufschrift ‚Kriegsberichterstatter' über den rechten Oberarm."

Stille.

„Erzähle, Josef, mein Freund. Weiter, ich höre dir zu."

„Ich war glücklich, sehr glücklich. Wenn mich Ragusa, mein Bruder, Professor Blindarm, die Eltern, die alten Kämpfer, der Gemischtwarenhändler und Fräulein Ida so sehen könnten.

Etwa hundert Männer, so genannte Wehrkraftzersetzer, saßen, standen oder lagen auf gefrorener Erde. In zerrissenen Uniformen warteten sie in der Kälte auf das Standgericht. Die Männer starrten mich, den wohlgenährten Jungen in seinem dicken, warmen Uniformmantel und Lederstiefeln, mit großen Augen an. Als erschiene ihnen ein Geist im Lager, um ‚April, April' zu sagen, ‚alles nur ein Scherz, geht nach Hause, die fette Suppe wartet.' Einer meiner zugeteilten Helfer, der dünne, nahm mich zur Seite und klärte mich, den Künstler, wie die beiden mich später beim Rapport vor dem Vorgesetzten nannten, auf, worum es ging.

‚Fotografiere sie für das Oberkommando.'

‚Schau mit dem Herzen', hörte ich meinen Lehrer, den Gemischtwarenhändler, sagen.

Ich erklärte den Gefangenen, dass sie sich keine Sorgen machen müssten. Die Männer starrten mich mit ungläubigen

Augen an. Die Zugeteilten wurden unsicher ob der Unruhe, die sich unter ihnen ausbreitete.

‚Ich will nicht', sagte ein Mann erschöpft. ‚Ich will nicht, dass meine Frau und meine Kinder mich so sehen.' Er fiel vor mir nieder und klammerte sich mit beiden Armen fest an meine Knie. ‚MachschonmeinJungeumdiebrauchstdudirkeinenKopfmehrzumachen ... Pfffchchchiiiicht', sagte der dicke Zugeteilte ärgerlich, um gleich wieder pfeifend einzuatmen.

‚Lass mich zu meiner Familie', flüsterte der Mann und umklammerte mein Knie noch fester, ‚der Krieg ist verloren, mein Gott! Hast du keinen Vater, keine Mutter? Kein Herz? Keine Seele?'

Wie ein Keil bohrte sich der Gewehrkolben des dünnen Zugeteilten in den Kopf des Knienden und spaltete diesen mit einem dumpfen Geräusch, als platzte ein Kürbis einen halben Finger breit. Anstelle der Tränen trat langsam Blut aus seinen Augen. Die Arme, mit denen er meine Knie umschloss, fühlten sich an wie Eisenzangen. Ich starrte auf die Ränder der gebrochenen Schädeldecke. Die Hautlappen mit dem dichten, schwarzen Haar blieben eine Zeitlang rein weiß. Es spritzte nicht eimerweise Blut, wie es mir die alten Kämpfer geschildert hatten. Erst langsam, im Rhythmus seines ersterbenden Herzschlages, fand das Blut seinen Weg und überzog einen rosa Fleck des pulsierenden Gehirns. Ich bekam Angst. Plötzlich stürzten sie sich auf meine beiden Zugeteilten und entrissen ihnen die Gewehre. Einer richtete die Waffe auf mich.

‚Nun musst du sterben', dachte ich. Da hast du deine Freiheit. So schnell geht das. So ist das also, mit dem Tod, so und nicht *anders*.'

Ich machte die Augen zu. Der Mann kam aber nicht zum Schuss, denn eine Maschinengewehrsalve des Wachpostens auf dem Turm fetzte seine Brust auf. Sein welker Körper flog, als würde er eine kunstvolle Turnübung ausführen, quer über das eisige Feld. Die Kameraden auf dem Turm schossen hinter den Fliehenden her, die im Zickzack Richtung Wald um ihr Leben rannten. Der schneebedeckte Acker, auf dem blutige Körper zuckten, musste vom Himmel aus wie ein abstraktes Gemälde aussehen. Als ich die Augen öffnete, hatte ich mich angepinkelt. Die Zugeteilten lachten.

Der Mann mit dem gespaltenen Schädel klammerte sich immer noch an mein Bein und starrte mir mit toten Augen bis in meine tiefsten Seelenwinkel.

‚TjaderbestehtwohlaufseinFoto ... Pfffchchchiiiicht', sagte der Dicke. Der spätere Polizeikommandant unserer Stadt. Die beiden Zugeteilten brüllten vor Lachen."

*

Nichts ahnend geht Josef an die Tür, als es klopft, um die Kinder, die er davor vermutet, zu verscheuchen.

„Guten Morgen, stör ich?"

Ragusa lacht hysterisch. Im selben Moment merkt Josef, dass er splitternackt ist. Er schlägt ihr die Tür vor der Nase zu, springt für sein Alter erstaunlich sportiv zurück ins Zimmer, zieht sich den Hausmantel über und öffnet, als wäre nichts geschehen.

„Komm, komm bitte herein."

Als Ragusa durch die Diele in das Wohnzimmer geht und sich neugierig umschaut, sieht Josef sein Heim plötzlich auch mit den Augen des Gastes. Die Unordnung ist ihm peinlich.

„Ich wollte einkaufen", sagt Ragusa. „und da dachte ich, sag doch Josef Guten Morgen."

Er hilft ihr aus dem Mantel. Immer ist sie schwarz gekleidet gewesen, aber heute farbenfroh, frisch, fröhlich wie der Frühling. Ihr silbernes langes Haar, sonst in einem Knoten auf den Hinterkopf gezwängt, fließt ihr offen über den Rücken.

„Setz dich! Möchtest du Kaffee?"

„Ja, bitte, Kaffee. Oh, ich trinke zu viel Kaffee, viel zu viel." Ragusa kichert, aufgedreht wie ein junges Mädchen. „Und manches Mal auch ein Gläschen Wein."

Josef macht sich daran, seine kleine Espresso-Maschine zu laden, um sie auf den Herd zu stellen.

„Milch, Zucker?"

„Milch. Süß bin ich selbst."

‚Von wegen verhärmte Witwe', denkt Josef. Die Ragusa vom Sonntag hat sich in eine hübsche Frau verwandelt. Wie wenig Falten sie hat, und ihre dunklen feurigen Augen! Er hat große Lust, ihr durch ihre dichten Haare zu streichen.

„Welche Anzuggröße hast du?"

„Vierundfünfzig", sagt Josef und ärgert sich. ‚Nur weil ich mit ihr einmal in der Kirche war, will sie mich mit den Anzügen ihres verstorbenen Mannes beglücken.'

Ragusa schaut ihn an und lacht. Seine Unsicherheit zieht sie an, wie früher, als sie beide noch jung waren.

„War das falsch?"

„Nein, nein", antwortet Josef.

„Ich habe in einem Geschäft eine Jacke gesehen, wenn du Lust hast?"

„Danke, danke, ich habe meinen Mantel." ‚Das fehlt mir noch', denkt Josef, ‚mir auch noch dreinreden zu lassen, was ich anziehen soll.'

„Dein Mantel steht vor Dreck und stinkt! Und weißt du, dass es auch einen Friseur gibt, der solch Wilden wie dich rasiert und die Haare schneidet!"

Stille.

„Ich habe keine Zeit, ich habe Wichtigeres zu tun", sagt Josef. „Der Tod hat seinen eigenen Kalender."

„Eine scheußliche Geschichte", sagt Ragusa, „der Mord an dem kleinen Jungen."

„Ja", stimmt Josef ihr zu, „man möchte meinen ..."

Der Gesang der Espresso-Maschine unterbricht ihn, und er gießt ihnen heißen Kaffee ein.

„Man möchte meinen, dass es zwei Leben gibt", fährt Josef fort, „verstehst du? Das eine, das wir leben. Und das andere, das uns lebt."

„Warum machst du das?"

„Was?"

„Totengräber?"

Stille.

„Prost, Herr Josef!", Ragusa hebt die Tasse, „Auf das Richtige, wie auch immer!"

„Bist du traurig?"

„Nein", sagt Josef und wischt sich den Schweiß von der Stirn. „Noch Kaffee?"

„Du liest nicht?"

Der Alte schüttelt den Kopf.

„Ich lese gerne Biographien. Seit mein Mann tot ist, finde ich Zeit dafür. Mein Mann mochte auch nicht lesen. Wenn er gerade nicht in der Backstube oder im Geschäft zu arbeiten hatte, musste er immer etwas unternehmen. Immer etwas tun. Wandern, Sport, Jagen, immer aktiv sein, als wäre er auf der Flucht. Ruhe und Stille waren nichts für ihn. Kaum lag draußen der erste Schnee, musste er früh morgens in den Park, in den Wald oder auf einen Berg. Er musste in den Schnee greifen, bis die Finger starr waren vor Kälte, und der Tee danach hatte siedend heiß zu sein. Manches Mal dachte ich, er konnte nicht genießen, deshalb musste er alles so extrem tun."

Josef steht auf und geht im Raum herum.

„Entschuldige", sagt Ragusa.

„Nein, nein, schon gut", sagt Josef.

Der Sohn des Bäckers. Der feine Junge, der alles doppelt hatte und alles noch ein drittes Mal bekam. Der klug genug war, sich zu Hause im Betrieb zu verkriechen, anstatt wie Josef in den Krieg zu ziehen. Er hatte Ragusa geheiratet.

Stille.

„Soll ich gehen?", fragt Ragusa.

„Nein, entschuldige", sagt Josef. „Nein, bleibe bitte. Noch Kaffee?"

„Danke. Mein Mann musste in alles hineinschauen. Je älter er wurde, desto neugieriger wurde er. Wie ein Kind. Alles aufbrechen, zerbrechen. Wir hatten uns langsam aneinander gewöhnt! Nachdem du es ja nicht erwarten konntest und in den Krieg musstest." Ragusa schluchzt kurz und schnäuzt sich.

Stille.

„Biographien haben es dir also angetan?", fragt Josef, um das Thema zu wechseln.

Der Schatten, der sich während des Ausflugs in die Vergangenheit vor ihr schönes Gesicht geschoben hat, ist so schnell verschwunden, wie das Lachen gekommen ist.

„Ja, Biographien helfen mir zu wissen, dass andere Menschen es auch nicht so leicht hatten. Und dabei sogar noch so berühmt wurden, dass man Bücher über sie schreibt! Man glaubt ja immer, dass das eigene Schicksal das Schlimmste ist." Ragusa atmet erleichtert aus, steht auf und geht zum Fenster.

„Vielleicht hat mein Mann seinen frühen Tod geahnt und deshalb alles auf einmal haben wollen?"

„Habt ihr Kinder?"

„Nein. Nach seinem Tod hat mich seine Familie ausbezahlt

und ich musste aus unserem Haus ausziehen. Unser Ehevertrag war so formuliert, dass mir nur der gesetzliche Pflichtanteil zustand, wenn unsere Ehe kinderlos blieb. Das galt für den Fall seines Todes und für den Fall einer Scheidung. Nichts von unserem Reichtum, den ich mit erwirtschaftet hatte, gehörte mir. Aber es reichte auch so für eine Wohnung und mein Auskommen."

„Ich habe ihn nicht gemocht", murmelt Josef.

Stille.

„Jetzt muss ich aber gehen", sagt Ragusa. „Wenn du Zeit hast, kommst du vielleicht bei mir vorbei, dann schauen wir nach der Jacke, ja?"

Josef nickt und hilft ihr in den Mantel. Sie hat heute kein Parfüm aufgelegt. Josef riecht ihren zarten Duft nach Schweiß, Wiesenblumen und Honig sehr gerne. Als sie die Einfahrt hinuntergeht, bleibt Josef in der Tür stehen und blickt ihr nach. Eigentlich will er nicht, dass sie geht.

„Ich melde mich!", ruft er ihr hinterher.

„Wie es dir lustig ist, Herr Josef, wie es dir lustig ist!"

*

„Was ist mit dir, Josef, mein Freund?"

„Lass mich in Ruhe, Michael", murrt Josef gereizt und sticht kraftvoll mit der Schaufel in das lockere Erdreich.

„Josef?"

Stille.

Ihm steht Schweiß auf der Stirn und sein Atem geht schwer. Er sinkt erschöpft in die Ecke des halbfertigen Grabes und starrt vor sich hin.

„Ach, Michael, mein Junge! Ich sehe in allem immer nur das Schlechte. Wenn die Sonne scheint, habe ich Angst, dass es bald regnen könnte. Wenn ich Glück habe, denke ich schon an das Pech. Im Frühling an den Winter. Wenn ich spazieren gehe, genieße ich nicht die Schönheit, sondern denke, es könnte das letzte Mal sein, dass ich diesen Weg gehe. Wenn mir ein Mensch begegnet, habe ich Angst, dass er mir zu nahe kommt. Wenn ich allein bin, sehne ich mich nach Gesellschaft. Wenn ich unter Menschen bin, fühle ich mich belästigt. Doch bin ich allein ... Wenn ich an den Tod denke, Michael, dann ... Ich atme, aber lebe ich?"

Stille.

„Als mir dieser Junge neulich Nacht im Buchsbaum in die Augen schaute, Michael, traf mich sein Blick so unerwartet tief, dass ich dachte, du wärst es. Er nannte mich einen Feigling. Warum? Ich war so wütend, dass ich ihn fast geschlagen hätte, damit er aufwachen sollte für die Wahrheit!"

„Was für eine Wahrheit, Josef, mein Freund?"

„Ich bin kein Feigling!"

Stille.

„Warum sagst du nichts, Michael? Sag etwas!"

Stille.

*

Am Stammtisch im Wirtshaus kommt es unter den Stadträten während der Sitzungen immer öfter zu heftigem Streit und manches Mal sogar zu Handgreiflichkeiten über die eigenartige Situation, in der sich ihre Stadt befindet.

„Unten in der Nachbarstadt am Meer herrscht große Zufriedenheit. Und bei uns?", mault ein einheimischer Zuhörer unaufgefordert dazwischen.

„Sie haben auf unsere Kosten alles wieder aufgebaut, da sollten wir doch auch alles wieder niederreißen dürfen!"

Je mehr Schnaps man trinkt, desto einiger wird man sich, dass Dr. Abweger vielleicht doch Recht hat. Es fehlt ein Krieg. Doch es gibt keinen offensichtlichen Grund, wieder einen Krieg mit den Nachbarn zu beginnen. Einen anderen Feind aber als die Nachbarn unten gibt es für die Einheimischen nicht.

„Obwohl", beginnt der Bestatter laut zu überlegen, „der letzte Krieg zwischen uns begann, weil sie auf unsere Berge wollten!"

„Umgekehrt", unterbricht der Journalist, „umgekehrt, wir wollten an ihr Meer!"

„Wie auch immer, die Ursachen liegen zu tausenden herum, man muss sie nur aufgreifen", lispelt der Bestatter. „Es jammern die Satten, der Hungrige handelt!"

Der Journalist, der gegen seine Gewohnheit genauso viel Schnaps getrunken hat wie der Bestatter, wischt mit seiner verkrüppelten rechten Hand über den Stammtisch, dass die Gläser klirren: „Wir sind das Problem, meine Herren. Wir sitzen an den vollen Schüsseln und löffeln nicht! Wir fahren mitten auf der Straße, geben aber nicht Gas. Wir stoßen am ersten Tag alle Türen unseres Adventskalenders auf und dann langweilen wir uns bis zum Heiligen Abend. Meine Herren, wir sind zu fett! Eindeutig! Im Hirn und am Arsch, alle zu fett!"

Stille.

„Es ist viel einfacher!", murmelt der Bestatter. „Hat man einen Platten, wechselt man das Rad! Aus! Da gibt es kein Deuteln."

Aber niemand hat den Vergleich verstanden.

„Gottchen, Gottchen, was für Dummheiten!", ruft der Journalist lachend. „Fühle ich mich so matt und müde, weil ich einen Platten habe? Ha!?"

Ein Raunen zieht durch die Runde.

„Nein! Eben nicht. Habt ihr nie Appetit zu unüblicher Zeit? Seid ihr denn nie zu ungewöhnlicher Zeit müde? Ich bin es! Wenn ihr euch müde schlafen legt, seid ihr nicht sofort wieder hellwach? Wollt ihr dann nicht tanzen, vögeln, saufen und fressen? Aber sobald ihr es tut, seid ihr dann nicht plötzlich wieder satt, erschöpft und müde? Geht das nicht bis zum Morgengrauen so, Tag für Tag und Nacht für Nacht? Und plagen euch dann nicht auch Blähungen und Völlegefühl? Und wenn der Wecker klingelt, könntet ihr dann nicht schlafen bis in alle Ewigkeit? Woher kommt das wohl? Wer ist wohl daran Schuld? Hm? Das Schicksal? Ein Platter? Nein, es ist das Fremde! Das Fremde, das von der Nachbarstadt zu uns aufsteigt."

Die Gedanken des Bestatters sind bei seiner jungen Frau, mit der er sich in kürzester Zeit auseinandergelebt hat. Das Gehörte verstärkt noch die Gedanken an sein unglückliches Privatleben. Er fragt sich, mit welchen Augen er wohl auf sie geschaut hat. Am ersten Abend hat er sie sich schön getrunken. Sie ist jung, frisch und gesund, könnte Jungen kriegen, so viele er sich wünscht. Aber genau das funktioniert nicht.

„Meine Herren haben Sie denn auch diese Schmerzen, weil es nicht geht mit der Notdurft?", fragt der einheimische Zuhörer dazwischen. „Ruhe!", schreit der Bestatter plötzlich und schlägt mit der Faust auf den Stammtisch. „Du hast hier zu schweigen, hier reden Stadträte und diese Nabelschau geht mir sowieso auf die Nerven!"

Und wie es seine Art ist, schlägt er gleich blindlings mit beiden Fäusten auf den Einheimischen ein. „Wer gut scheißen will, soll arbeiten."

„Runter mit dem Deckel von der Büchse! Auf geht es! Auf ein Neues!", schreit der Bestatter und schlägt zu. Der Journalist rückt abseits, denn er weiß, wozu der Bestatter fähig ist.

Die Wirtin betritt mit neuen Flaschen Schnaps den Raum. Sie beendet die einseitige Rauferei mit ihrer tiefen Stimme:

„Aaaus!!"

Stille.

„Beschaut euch die Wälder gut", warnt der einheimische Zuhörer, der sich seine blutige Nase wischt, „damit ihr, wenn es einmal darauf ankommt, Bäume von Sträuchern unterscheiden könnt, denn glaubt mir, das Gehirn denkt anders als der Mensch!" Und geht.

Als Josef das Extrazimmer des Wirtshauses betritt, kommt er nicht zum Sitzen. Alle wollen seine Meinung zur unbefriedigenden Lage hören. Er schlägt ihnen eine Führung über den Friedhof vor: „Das durchlüftet die Hirne! Die Vergänglichkeit ist ein sehr gutes Mittel gegen Verstopfungen aller Art."

Josef treibt sie durch die Reihen der Gräber. Wie aus der Pistole geschossen, zählt er nacheinander die einheimischen Opfer des Krieges auf: „Ich kenne sie alle, die hier liegen! Alle! Und glaubt mir, jeder würde gerne eine Verstopfung ertragen, dürfte er nur noch leben."

Er bemerkt in seinem Eifer nicht, dass die große schwarze Limousine langsam am Friedhof vorfährt, um etwas entfernt zu parken.

„Kommt mit!", befiehlt er den Herumstehenden, „Mitkommen! Alle!" Sind die Einheimischen anfangs noch unschlüssig, so schafft es sein Befehl. Und sie folgen ihm auf Feindesland, wie sie den Teil des Friedhofs nennen, auf dem die Zugewanderten liegen.

„Name", schreit Josef. Doch nun schweigen sie. Die Daumen in die Hosentaschen gesteckt. Keiner hat hier einen Verwandten liegen.

„Name!", befiehlt er wieder. In ihren Köpfen sammelt sich das Blut und sie atmen schwer.

Und Josef rattert ihnen Namen und Schicksale der hier begrabenen Zugewanderten herunter. Der Alte wirft den Einheimischen so viele Lebensläufe um die Ohren, dass ihnen schwindlig wird. Und sie staunen, wie ähnlich die Schicksale der Zugewanderten doch denen der Einheimischen sind. Es macht Josef großen Spaß, an ihren seelischen Pickeln zu drücken, bis ihnen ihr schlechtes Gewissen herausspritzt.

„Und jetzt sagt mir den Unterschied zwischen dem ermordeten zugewanderten Jungen und dem einheimischen", schreit Josef.

Die Einheimischen erstarren.

„Den Unterschied, los!"

Die Limousine fährt währendessen aus der anderen Richtung am Friedhof vorbei. Wie Hühner im Schnee treten die Einheimischen von einem Fuß auf den anderen und warten auf ein Zeichen. Aber ein Führer ist nicht da.

*

„Der Kreis der Kameraden, die mich im Dienstzimmer des Vorgesetzten umringten, wurde enger. Sie lachten während sie mich wie einen Leckerbissen im Auge behielten. Ihre filterlosen Zigaretten hüpften bei jedem Wort unanständig zwischen ihren aufgesprungenen Lippen.

‚Eine Sauerei', schrie der Vorgesetzte und warf mir die Fotos ins Gesicht, auf denen Grausamkeiten zu sehen waren, die unter seiner Führung begangen wurden. ‚Das ist Verrat!'"

Stille.

„‚Befehl vom Oberkommando', sagte ich.

Der Vorgesetzte wusste, dass das Oberkommando längst versuchte, ihn für die sich abzeichnende Niederlage verantwortlich zu machen. Der Kreis um mich wurde enger. Sie warteten darauf, dass ich die Nerven verlor.

‚Du musst ihnen in die Augen sehen', hatte der Psychologe, mein neuer Zugeteilter, gesagt.

Plötzlich heulten Sirenen, Flugzeuge waren zu hören und schon schlugen die ersten Bomben ein. Meine Kameraden erwarteten einen schnellen Befehl. Doch der Vorgesetzte hatte keinen. Hilflos starrte er vor sich hin und begann zu schwitzen. Die Kameraden drängten sich zu ihm, wie das Rudel Wölfe zum Alphatier.

‚Fliegeralarm!', brüllte ich plötzlich, und meine Stimme überschlug sich. Immer wieder: ‚Fliegeralarm! Fliegeralarm!'

Die Kameraden stürmten auseinander. Mein Vorgesetzter blickte mich an. Zum ersten Mal erahnte ich in ihm ein Herz."

*

Josef sitzt auf dem Ast des Buchsbaumes hinterm Haus und schwingt hin und her. Wie dünne Schnüre fällt der Regen gleichmäßig vom Himmel, und Josef stellt seinen Mantelkragen hoch. Ins Haus will er nicht. Es drängt ihn zu erzählen.

„Mach es doch, alter Mann", sagt Michael, „erzähle, ich höre dir gerne zu!"

„‚Meine Kindheit war schön.'

‚Das ist schon schlecht!', – diese vier Worte hatte der Psychologe darauf gesagt, dann traf ihn die Kugel eines Scharfschützen tödlich.

Bis ihn mein Vorgesetzter zu mir als Gehilfen abkommandierte, hatte der Psychologe in der Schreibstube der Kommandantur gearbeitet: ‚Grinst nur, sagt nichts. Grinser kann ich nicht brauchen', sagte der Vorgesetzte. Der schmächtige Mann mit den braunen Haaren und den Sommersprossen wollte an die Front. ‚Du kommst zu unserem Künstler, zu dem passt du. Da gibt es genug zu grinsen!', sagte der Vorgesetzte.

Der Psychologe war ein gläubiger Mann. Seine schwangere Frau war bei einem Autounfall ums Leben gekommen. Er konnte nicht begreifen, warum ihm sein Gott die Frau und das Kind, mit dem sie im neunten Monat schwanger war, genommen hatte.

‚Habe ich nicht seine Gesetze befolgt? All mein Glaube an Gott und die Menschen, alles, was ich bis dato lehrte, wurde durch dieses Erlebnis ad absurdum geführt. Mir geht es wie dem weltberühmten Zoologen: Nach einem erfolgreichen Leben zog es ihn in die Einöde. Eines Morgens, auf einem Waldspaziergang, sah er in einer Mulde geduckt einen Hasen sitzen. Als nur noch wenige Schritte zwischen dem Tier und ihm lagen, begann sein Herz zu rasen, sein Blick wurde starr, er hob seinen dicken Wanderstock und hieb dem Hasen mit voller Wucht auf den Kopf, dass dieser auf der Stelle tot war. Am nächsten Morgen, als eine Bäuerin Milch in sein Haus brachte, fand sie den Mann am Türbalken erhängt.'

Gerade als der Psychologe darüber zu spekulieren begann, ob es für ihn wieder einen Weg zurück in das Leben geben könnte, erfüllte ihm Gott seinen Wunsch.

‚Schlimm', sagte der Vorgesetzte, als ihm der Tod des Psychologen gemeldet wurde. ‚Krieg ist eben nicht Grinsen.'"

Josef betrachtet den Nachthimmel. Der Regen hat aufgehört. Josef weint.

„Es hat soviel Schönes in meiner Kindheit gegeben, Michael. Den Frühling, wenn wir es nicht mehr erwarten konnten, barfuß ins Freie zu laufen. Wenn wir im Sommer im Schotterteich zwischen den Fischen, Fröschen und Ringelnattern herumschwammen. Die Zeiten waren sehr schlecht, das Geld knapp, und zwei heranwachsende Jungs waren ein schweres Kreuz für meine Eltern. Wir brauchten kein erfundenes Spielzeug, denn wir hatten den Wald, die Wiesen, Tiere, den See. Im Herbst gab es Pilze und Beeren, das Wild. Das war doch schön. Oder ...?"

Stille.

„Und im Winter, wenn wir Schneemänner bauten und mit den Skiern den Hügel hinunterflitzten. Wenn wir uns dann zu Hause mit einem Topf warmer Milch und einem Butterbrot an den Ofen kuschelten. Das ist doch schön, Michael, oder nicht? Ich verführte meinen Bruder zu allerlei Streichen. Er bekam Ohrfeigen, bei mir aber genüge dies nicht, sagte meine Mutter, da helfen nur Schläge mit dem Prügel. Und wenn die zu heftig wurden, fiel ich einfach um, lief blau an und hörte auf zu atmen."

Josef schweigt und starrt in den klaren Nachthimmel.

„Weiter, alter Mann, weiter."

„‚So, nun hast du das Kind erschlagen', schrie dann mein Vater. Mutter goss mir Wasser über den Kopf, bis ich wieder zu mir kam und meinen Schmerz laut herausschrie und weinte. Aber sie nahm mich nicht in den Arm, niemand drückte oder liebkoste mich. Sie tat es einfach nicht. Und mein Vater wollte, wusste aber nicht wie."

Stille.

„Meine Mutter war die Tochter eines großen reichen Bauern. ‚Nicht die Schönste, aber die Klügste des Dorfes war ich', erzählte sie stolz. ‚Ich verdrehte den reichen Bauernsöhnen nicht nur die Köpfe. Ich habe sie mir alle vorgeknöpft, alle habe ich sie mir genommen, alle habe ich sie ausprobiert! Getanzt hab ich wie der Teufel, und jede ruhige Minute war mir unangenehm. Als mein Vater mit dem Sohn eines reichen Bauern meine Hochzeit aushandelte, wehrte ich mich. Meine Mutter schwieg zu allem. In diesen Tagen hatte ich deinen Vater auf einem Fest tanzen und raufen gesehen. Ich habe mich sofort in den Sturkopf verschaut. Schnell war er, kraftvoll, zugleich so fein und zart. Wie er mich beim Tanz führte, das konnte kein anderer. Mein Vater war dagegen. Ich aber wollte ihn! Mein Vater bezahlte einige Jungs aus unserem Dorf, um ihn, wenn er sich nachts an mein Fenster schlich, zu verprügeln. Doch dein Vater hatte immer sein Okuliermesser bei sich. Als ihn die Jungen verprügeln wollten, zog er es einem von ihnen quer über das Gesicht. Danach kam dein Vater das erste Mal zu mir ins Bett. Mein Vater lauschte. Er hatte Angst. Endlich stimmte er unserer Heirat zu. Ich hab mich auf das Leben mit deinem Vater gefreut. Wir waren zu stolz, von meinen Eltern etwas anzunehmen. Seine hatten nichts. Ich wollte jede Minute meines Lebens die Kraft dieses Mannes spüren, seinen Humor, immer und in allem, ewig, bis der liebe Gott uns scheiden sollte. Und er schied uns durch den Tod unserer Kinder.'"

*

Der Druck auf Josefs Brust, der ihn seit dem frühen Morgen quält, verstärkt sich. Seit einiger Zeit muss er bei einem Anfall schon zwei Tabletten nehmen. Müde hat er sich zur Haustüre geschleppt. Aber diesmal ist er angezogen. Als Josef vorsichtig öffnet, pieksen die kräftigen Sonnenstrahlen seine Augen wie Nadeln.

„Einen wunderschönen guten Morgen", ruft ein sehr kleiner Mensch. „Die Presse! Aber Spaß beiseite", sagt der Journalist. „Es ist doch gestattet?"

Er nimmt den großen Fotoapparat, der ihm vom Hals mit einem Lederband bis in den Schritt baumelt.

„Wir machen ein Foto?"

Er spricht Kunden immer im Pluralis Majestatis an. Aus Erfahrung weiß er, dass sich dadurch die Kunden geschmeichelt fühlen. Josef will ins Haus.

„Verzeiht", kräht der Journalist lächelnd und flugs hat er seinen Fuß in der Haustür, denn er denkt, Josef habe ihn nicht richtig verstanden.

„Lass das", droht Josef ihm.

„Gottchen, Gottchen, sind wir schüchtern?"

Der sehr kleine Mensch lässt dabei nicht davon ab, seine Fotomaschine weiter auf Josef einzustellen.

„Ein Held wie Ihr, das ist selten in unserer Zeit!"

„Lass das!", sagt Josef nachdrücklicher.

„Ihr wart sehr mutig auf dem Friedhof!"

Er setzt den Fotoapparat abermals auf Josef an. Im selben Moment zieht dieser die Türe zu und quetscht dabei den Journalisten ein, der plötzlich wie ein Ferkel zu quieken beginnt. Josef versucht ihn aus der Türe nach draußen zu drücken, was nicht gelingt. Erst jetzt bemerkt Josef, dass die rechte Hand des nach Luft ringenden Journalisten verkrüppelt ist.

„Gottchen, Gottchen. Kennt ihr den?", beginnt der Kleine in seiner Not hastig einen Witz zu erzählen. „Was wäre gewesen, wenn Eva Chinesin gewesen wäre? Na? Dann hätte sie die Schlange gegessen! Ha, ha, ha!"

„Hau ab", überschreit Josef das meckernde Lachen und schlägt dem erstaunten Mann fest auf seine verkrüppelte Rechte, sodass das Band reißt und die Kamera mit voller

Wucht zu Boden fällt. Immer, wenn der Journalist zornig wird, verziehen sich seine Augen hinter den runden Brillen zu Schlitzen, aus denen seine Pupillen wie todbringende Kugeln glühen.

„Gottchen, Gottchen, niemand schlägt mir mehr auf meine Hand!", schreit er Josef an. Wer hätte wissen sollen, dass ihn seine Mutter als Kind beim Onanieren erwischte und die Hand solange auf die Tischkante schlug, bis sie kaputt war.

„Das kommt dich teuer zu stehen", schreit er.

Josef will ins Haus.

„Was wolltet ihr von dem Jungen?"

„Von wem?", fragt Josef.

„Dem Jungen, den ihr in der Nacht in eurem Garten gewürgt habt, oder habt ihr ihn liebkost?"

Es ist für den Journalisten eine Zeit der reichen Ernte. Seine Mutmaßungen gefallen den einheimischen Zeitungslesern. Die Auflage steigt. Der Journalist nutzt die Chance, endlich in der Hierarchie der Zeitung aufzusteigen. Denn er sieht sich schon lange als deren Chefredakteur. Die Einheimischen haben im Laufe der Jahre das Interesse am Zeitunglesen verloren. Ähnlich ergeht es dem Radio, nur das Fernsehen hat großen Zulauf. Der Journalist stellt das ganze Erscheinungsbild der Zeitung um. Die Schrift wird größer, das Format kleiner, der Text weniger, und Bilder nackter Schönheiten vermischen sich mit Bildern des Elends. Die neue Aufmachung schießt den Einheimischen rasch ins Blut und zeigt ihnen, was ihre Meinung zu sein hat.

*

„Viel zu schnell haben sie alles wieder aufgebaut, ohne Fantasie und Talent, viel zu bombastisch", sagt Ragusa zu

Josef, als sie gemeinsam durch die Stadt spazieren. Mit dem Cabrio will Ragusa nicht fahren. „Wenn ein Haus, ein Platz, ein Baum, eine Straße oder irgendwas aus meiner Kindheit nicht mehr da ist", sagt Josef, „habe ich Probleme, mich zu erinnern. Und immer betrifft es die schönen Dinge. Die schlechten sind da, als wären sie eben passiert."

Stille.

„Was hast du eigentlich all die Jahre gemacht?", fragt Ragusa.

„Ich bin in der Welt herumgereist, habe fotografiert für Zeitschriften, Bücher. Eine Zeit hier, eine Zeit dort, wie es eben so kam."

„Du bist sicher ein gebildeter Mensch."

„Von jedem Dorf kenne ich einen Hund, wie man sagt. Ich habe immer nur das gemacht, was mich interessiert hat. In der Schule, im Krieg, später im Beruf als Fotograf." Ein mächtiger rostiger Eisenklumpen mit spitzen Stacheln wie ein Igel strahlt ihnen mitten in der Fußgängerzone entgegen.

„Stell dich vor das Kriegerdenkmal."

Sie schiebt Josef vor den Igel, packt ihren Fotoapparat aus und bittet einen Einheimischen, sie beide zu fotografieren.

„Ragusa, bitte lass das."

„Für mich, bitte nur für mich!"

„Bitte, Ragusa!"

„Soll ich jetzt oder soll ich nicht", mault der Einheimische.

„Was hast du gegen ein Foto, Josef?"

Stille.

„Dann halt nicht", murmelt sie enttäuscht und nimmt dem Einheimischen den Fotoapparat weg.

„Du eigenartiger Josef, du", sie küsst ihn. Er drückt seinen Mund ungeschickt auf den ihren, so dass sie abrupt zurückweicht.

„Entschuldige, aber ich bin das Küssen nicht gewöhnt."

„Nein, der Kuss war schon in Ordnung, dein Bart tut weh."

So eng sind ihre Körper aneinander, dass er ihren Herzschlag spürt. Der Druck ihrer Schenkel, die sie an die seinen presst. Diesmal fällt Josefs Kuss sanfter aus als vorher. Er spürt, wie sein Herz schneller schlägt und durchzieht mit seinen Fingern ihr dichtes weißes Haar. Ihre Körper fließen so passend ineinander, als hätte sie vor langer Zeit jemand getrennt, um sie herumirren zu lassen, bis sie sich ausgerechnet hier vor dem Kriegerdenkmal wieder vereinen.

Ragusa küsst Josef.

Vielleicht wären sie ewig so stehen geblieben, wenn nicht eine Taube Josef auf den Kopf geschissen hätte.

Ragusa zieht blitzschnell, während er nach einem Taschentuch sucht, den Fotoapparat und drückt ab. Unerwartet schlägt er Ragusa auf den Arm. Der Fotoapparat fliegt ihr aus der Hand und zerschellt auf dem Pflaster.

„Ich will nicht fotografiert werden!", schreit Josef sie an.

Stille.

„Oh mein Gott, wo hab ich nur hingedacht. Entschuldige."

Die Tränen schießen Ragusa in die Augen. Josef ist wieder zu sich gekommen, und als er sich entschuldigen will, hält sie ihm den Mund zu.

„Bitte, bitte. Es ist gut, lass es, sag nichts mehr, bitte. Ich habe verstanden. Das steht nicht dafür. Entschuldige."

Josef schweigt. Und nachdem sie ihm zärtlich über die Wange gestrichen hat, geht Ragusa und lässt Josef neben dem Igel stehen.

„Hei, warum hast du dich nicht fotografieren lassen, alter Mann?"

„Ich kann nicht, Michael."

„Du kannst nicht? Ich hätte mich damals sehr gefreut über ein Foto von mir."

Und wieder überfällt Josef der Druck auf der Brust so, dass er sich an den Stacheln des Kriegerdenkmal-Igels festhalten muss. Seine Tabletten hat er zu Hause vergessen.

„Herr Totengräber, Herr Totengräber, ich bin es. Gottchen, Gottchen, Frauen", sagt der sehr kleine Mensch verschwörerisch. Josef hat den Journalisten nicht bemerkt.

Erst jetzt erkennt er ihn. Der sehr kleine Mensch kommt ihm ganz nah, so dass dessen Mundgeruch direkt zu Josefs Nase hochsteigt.

„Frauen soll man nicht so ernst nehmen. Wir Männer tragen ein schweres Los, draußen sollen wir kämpfen und zu Hause das Schoßhündchen geben. Als Dank versagen sie uns alles, was richtige Männer brauchen! Nicht? Das ist doch so, oder? Oder?"

Er zieht mit der verkrüppelten Rechten sein Diktaphon aus der Manteltasche.

„Wenn ich euch raten darf", flüstert der Journalist, der neben Josefs schnellem Schritt einherwuselt. „Huren, schön und gut! Aber wenn ihr vielleicht andere Interessen habt, da könnte ich behilflich sein."

Josef beschleunigt seinen Schritt.

„Etwas Frisches, nicht? Ihr versteht, etwas Junges?"

Josef holt mit dem rechten Arm aus und verpasst dem überraschten Journalisten eine Ohrfeige, dass es ihn augenblicklich aus dem Stand hebt und rücklings auf den Asphalt schmeißt.

*

„Ich entschuldige die Tat nicht", sagt Dr. Abweger im Stadtrat. „Ich frage nur, was muss ein solcher Mensch, der einem Kind so etwas antut, selbst als Kind ertragen haben?" Die Stadträte wollen davon nichts wissen. Nicht in dieser Zeit, in der ihnen selbst der Schnaps nicht mehr hilft, mit sich ins Reine zu kommen. Da sollen sie für einen Kindermörder Verständnis haben?

„Das Fremde ist Schuld", unterbricht ein aufgebrachter Einheimischer.

„Du bist krank", entgegnet Dr. Abweger. „Alle seid ihr krank! Jawohl, krank in euren Herzen, alle! Und deshalb sind auch eure Körper krank! Ich weiß es, denn ich muss euch ja behandeln!" Die Zuhörer murren.

„In euren Seelen ist die Freiheit fein säuberlich versteckt wie alte Fotos in Schuhschachteln auf dem Dachboden, die vor sich hin schimmeln. In euren Seelen liegt eure Wahrheit unentwirrbar im Streit mit eurer Angst, wie ein Knäuel Wolle! Daneben wartet der Tod im gemachten Bett. Findet ihr denn noch Zeit für eure Kinder? Könnt ihr noch lachen? Habt ihr noch freundliche Blicke, geduldige Ohren, gute Worte füreinander? Hm? Habt ihr das noch!? Ihr treibt euch noch eiliger an, etwas zu erreichen, ohne zu wissen, was! Bücher, Instrumente, Spiele habt ihr entsorgt und eure Fantasie Maschinen überantwortet! In euren Autos sitzt ihr wie in einem Baguette. Einlage aus Fleisch und Blut, voller Angst vor euch selbst. Da sitzt ihr zwischen Schrott, in einer kalten Plastikwelt, geschützt durch dreckige Glasscheiben vor dem wirklichen Leben, eurer Freiheit!" Dr. Abweger schwitzt.

„Und ich soll dann Wunder wirken!"

Plötzlich zieht tosender Applaus und ein Aufatmen der Zufriedenheit durch die Reihen. Die Stadträte sind beruhigt, so kennen sie ihn und nicht anders.

*

Was die Hinterbliebenen nicht alles ihren Vorangegangenen zumuten. Sogar Hausmüll bringt man mit, um ihn zwischen den Gräbern zu entsorgen. Schaufel und Harke geschultert schnauft Josef im Laufschritt über den Friedhof.

„Der einheimische Junge?", fragt Michael.

„Ja."

Viel zu spät hat man Josef verständigt, dass das Begräbnis des Jungen um einem Aufruhr zu entgehen noch in den Abendstunden stattfinden solle.

Was hat es in letzter Zeit nicht für Aufregung um diesen Kindermord gegeben. Die Einheimischen haben die Tat ins Gebet eingeschlossen. Wie haben sie nicht nach Rache geschrieen! Als hätten sie dadurch den Jungen wieder zum Leben erwecken können. Hätte man nur einen Täter in die Hände gekriegt! Ein Blitzableiter für jegliche Unzufriedenheit. Kein Gott und kein Recht hätten den Menschen geschützt. So groß ist der Zorn, dass der Ruf nach Rache lauter ist als das Wehklagen um das Kind, den Menschen.

„Ach, wären nur nicht alle so ungeduldig mit Gott", murmelt Hochwürden, der gehetzt am frischen Grab bei Josef eintrifft, um sich nach dem Fortgang der Arbeit zu erkundigen. Der Frühlingsföhn und die Haselnussblüte befördern das Asthma des heiligen Mannes enorm.

„Sind Sie fertig?", Hochwürden ist ganz nahe an das Grab herangetreten. Josef richtet sich zu schnell auf, sein Rücken schmerzt.

„Die Erde ist noch nicht von einheimischen Leibern verkleistert, da ist gut graben."

Josef klopft dabei mit dem Spaten auf den Humus, den er seitlich aufgeworfen hat.

„Gut", keucht Hochwürden, „sehr gut. Es wird ein großer Aufmarsch werden."

„Ist das nicht eine Schande“, sagt Josef.

„Was?“

„Na, ein Kind.“

„Tja, Gott prüft gerade mit Kindern unseren Glauben am härtesten.“

Auch Hochwürden kommen bei dieser Frage immer wieder Zweifel an seinem Gott. Aber vor seinen Schäfchen muss er souverän bleiben, da ist sein persönliches Gewissen, das unter dem katholischen eingesperrt ist, nicht maßgeblich.

„Was für eine Vergeudung“, sagt Josef.

„Es hat seinen Sinn“, sagt Hochwürden erregt, „sonst würde es nicht sein.“

„Welchen ...?“

„Einen Göttlichen!“, schreit der Mann Gottes unerwartet laut und bekommt einen Asthmaanfall. Er ringt nach Luft. Es ärgert ihn, sich auf etwas eingelassen zu haben, das für ihn auch nicht zu klären war.

„Möchten Sie?“ Josef streckt Hochwürden seine Thermosflasche mit Schnaps entgegen. „Das hat auch seinen Sinn.“

Hochwürden schnuppert daran.

„Nur Dummheiten im Kopf. Kein Wunder, hätten Sie im Religionsunterricht aufgepasst, dann wüssten Sie, was ich meine.“

„Ich hatte eine Vier!“

„Um Gottes Willen, wie kann man in Religion eine Vier haben?“

„In der Abschlussklasse hatte uns Hochwürden in die Kirche geführt“, sagte Josef. „Ganz vorne, neben dem Hochaltar, hing das Bild von Adam und Eva, und mir fiel auf, dass Adam und Eva auf dem Bild einen Nabel hatten. Ich wusste aber, dass Kinder im Bauch der Mutter wuchsen und, wenn sie fertig waren, unten herauskrabbelten und dass sie von einer Schnur, durch die sie mit der Mutter verbunden waren, in das Leben frei geschnitten werden mussten. Davon blieb dann der Nabel. ‚Das hat man von der Kunst', schimpfte Hochwürden, und ohrfeigte mich links und rechts. Der liebe Gott, alle Heiligen auf den Bildern, sogar Jesus am Kreuz, schauten zu."

*

Das Läuten zur Totenmesse unterbricht die unangenehme Stille nach Josefs Erzählung, und Hochwürden ist froh, sich beeilen zu müssen, in die Kirche zu kommen. Das Grab ist fertig. Josef packt seine Thermosflasche weg und beginnt, sein Werkzeug einzusammeln. Er erschrickt über den Aufmarsch einiger Polizisten. „WirwerdendieRuheaufunseremFriedhoffürdasBegräbnisgegenjedwedeUnruheverteidigen ... Pfffchchchiiicht ...!"

Der Journalist im Schlepptau fotografiert den Polizeikommandanten w. i. D. währenddessen in verschiedensten Posen vor dem offenen Grab.

„MitdenFüßennachobenaufhängenundganz ... Pfffchchchiiicht ... langsaminStückeschneidensolltemandenKerl!"

„Gottchen, Gottchen", murmelt der Journalist, „soll ich das wirklich schreiben?"

„NatürlicheinsolchgottlosesSchwein", fährt der Polizeikommandant w. i. D. fort, nur durch das pfeifende Einatmen immer wieder unterbrochen.

„Schreib! ... Pfffchchchiiicht! ... DenmussmanlangsamerstickenundlebendigdasHerzausdemverrottetenLeibreißen ... Pfffchchchiiicht! ... UndwasmeintderHerrTotengräberdazu", fragt der Polizeikommandant w. i. D.

Der Journalist ist mit einem Satz bei Josef und streckt ihm

in der Hoffnung auf eine Stellungnahme das Diktaphon mit der verkrüppelten Rechten unter die Nase. Josef stoppt in der Arbeit, schaut den Polizeikommandanten w. i. D. lange an. Der Journalist wird ungeduldig.

„UnserHerrTotengräberhatalsokeineMeinungodereineandere ... Pfffchchchiiicht?"

Josef schweigt, schultert sein Werkzeug und geht.

*

Bis zum Begräbnis ist Josef noch im einheimischen Teil des Friedhofes beschäftigt. Reiche Einheimische, Individualisten, die schwer von Geld, Leben und Macht lassen konnten, ließen sich neuerdings in Särgen aus allen möglichen Materialien und Formen bestatten. Da konnte es schon vorkommen, dass die Erdabsenkung der Gräber unterschiedlich stark war. Ragusas Großvater, der Kommandant der alten Kämpfer, hatte sich stehend beerdigen lassen, in einem von seinen Kameraden gebastelten Sarg, der aussah wie eine Patrone.

Wie schnell einem doch das menschlich Unterste nach oben kippen kann, denkt Josef. Hat doch der Himmel plötzlich seine Schleusen geöffnet und es gießt aus allen Eimern Gottes. Die Einheimischen stehen ungeschützt im Regen um das Grab. Hochwürden ärgert sich, denn die Nässe tut ihm nicht gut. Als er die Einsegnung vornehmen will, treten Josefs Gehilfen unter dessen Anleitung mit dem kleinen Sarg vor das Grab. Die frische Erde ist durch den Regenguss aufgeweicht und schmiert wie Seife unter den dünn besohlten Halbschuhen der Trauergäste. Im selben Moment, in dem die Gehilfen den weißen Kindersarg zu Hochwürden drehen wollen, rutscht Josef aus, schlägt gegen den Sarg, wodurch die Gehilfen ebenfalls straucheln und die kleine, weiße Holzkiste unbeschwert im hohen Bogen durch die Luft in das Grab fliegt, um dort kopfüber wie ein Geschoss stecken zu bleiben. Nach einer kurzen Schrecksekunde beginnt einer der Trauergäste lauthals hysterisch zu lachen und andere stimmen spontan mit ein. Hochwürden weiß nicht, was er tun soll. Denn komisch ist der Vorfall allemal. Die Eltern und Verwandten beginnen im selben Augenblick, die lachenden Trauergäste zu beschimpfen und auf sie einzuprügeln. Erst da wird jenen klar, wie groß ihr Fauxpas gewesen ist. Sie treten die Flucht nach vorne an und beschimpfen ihrerseits Josef und seine Gehilfen. Wären nicht die Polizisten, die das Begräbnis überwachen, dazwischen gegangen, das Ganze wäre in eine wilde Rauferei ausgeartet. Schlussendlich ziehen Josefs Gehilfen den kleinen Sarg wieder aus dem Grab, und Hochwürden kann seinen Segen über das Kind sprechen.

Als alles vorbei ist, der Regen hat inzwischen aufgehört, öffnet Josef den Sarg noch einmal und zieht dem Jungen schafwollene Strümpfe über die kleinen Füßchen. So hat er es seiner Mutter versprochen. Aber da er zu ihrem Begräbnis zu spät gekommen war, versucht er so, das Versäumnis wieder gutzumachen. Die schönen roten Haare des Jungen sind schmutzig und verfilzt, die Lederhose, das weiße Hemdchen zerrissen, und es gibt Blut, viel Blut. Nicht nur der Mörder, auch die Gerichtsmediziner sind gründlich gewesen. Überall haben sie hineingeschnitten, den kleinen Körper tranchiert und wieder notdürftig zugenäht.

„Hast du Zeit für mich?", fragt der Bürgermeister, als er Josef auf dem Friedhof aufsucht. Eine Krähe hockt auf der Friedhofsmauer und schaut ihnen zu.

„Was gibt es?“, fragt Josef, während er einen Stein nach dem Vogel wirft.

„Du weißt, die Wahlen stehen vor der Tür und ich kandidiere wieder!“

Josef nickt.

„Eine dritte Amtszeit wäre für mich möglich.“

„Wozu?“, fragt Josef.

‚Du denkst nur bis vor deine Haustüre‘, hört der Bürgermeister die Stimme seines Vaters aus der Kindheit.

„Weil ich gut bin.“

Stille.

„Ich kann Menschen führen!“

„Und denken?“

„Denken“, wiederholt der Bürgermeister und spürt, wie ihm der Mund unerwartet trocken wird.

‚Nur bis zum Tellerrand ...!‘, hört er aus tiefster Vergangenheit die Stimme seines Vaters.

Doch diesmal bleibt der Bürgermeister standhaft und ruhig.

„Tritt in meine Partei ein.“

„Nein“, sagt Josef schroff. Er schiebt das kleine Holzkreuz, in das der Name des ermordeten Jungen eingeritzt ist, am Kopfende des Grabhügels gerade.

„Michael ist ein schöner Name, nicht wahr?“

„Michael?“, fragt der Bürgermeister und schaut auf das kleine Holzkreuz.

„Was ist nun, kann ich mit dir rechnen?“

„Die Toten brauchen mich“, sagt Josef, „um die Lebenden müsst schon ihr euch kümmern.“

„Du magst mich nicht?“

Stille.

„Fast hätte ich es vergessen“, seufzt der Bürgermeister, „noch ein Mord!“

„Ein Junge", sagt Josef schnell, und auch er ist über seine Feststellung überrascht.

*

Immer öfter kommen ihm Gedanken an Ragusa.

Josef sehnt sich vor allem in der Nacht nach ihr, nach ihrer Stimme, ihrem Geruch, nach ihrem Lachen, aber am meisten nach Zärtlichkeit, die er bis jetzt mit keiner anderen Frau ertragen konnte. Josef wäscht seine Unterwäsche mit der Hand in seiner grünen Plastikschüssel.

„Verstehst du das, mein Junge?"

„Tja, du bist verliebt, alter Mann."

Josef bekommt einen roten Kopf und schweigt.

„Feigling!"

Auf diesen Sonntag hat Josef sich sehr gefreut.

Es ist die erste Gelegenheit für ihn, zufällig wieder auf Ragusa zu treffen.

„Ich habe begriffen, mein Junge."

Josef zieht sich die neue Jacke über, von der Ragusa so angetan ist. Er hat sie sich gegen seinen Willen doch gekauft. Seinen Mantel bewahrt er aber sicherheitshalber noch in der Garage auf. Zu schnell für das alte Cabrio fährt Josef den Berg hinunter und biegt mit quietschenden Reifen in die Straße, in der Ragusa wohnt. Beinahe verursacht er einen Auffahrunfall. Josef steigt aus, klingelt, doch Ragusa öffnet nicht. Vielleicht ist sie heute früher zur Kirche gegangen, und wieder tritt er das Gaspedal unbarmherzig durch. Der Motor jault. Er lässt die Kupplung schleifen, die Räder drehen durch.

„Michael", sagt er, „sie will mir nicht begegnen, oder sie ist krank?"

Dummheiten!

„Nobel geht die Welt zu Grunde, Herr Kollege", begrüßt ihn der Bestatter mit seiner jungen Frau vor der Kirche. Josefs neue Jacke ziert am Rücken ein großes T. Er ist glatt rasiert. Seine Haare hat er mit Brillantine über die Glatze nach hinten gekämmt.

Josef reagiert nicht darauf und geht in die Kirche. Doch auch da ist Ragusa nicht.

Wieder draußen, hört er, wie man sich darüber unterhält, ob nicht vielleicht doch er mit dem Mord an dem Jungen zu tun hat. „Immerhin ... Jahre in der Fremde ...", sagt der Journalist. Josef steuert schnell auf den Journalisten und den Bestatter zu. Die Einheimischen verziehen sich.

„Wiederholt das", sagt Josef.

Dem betrunkenen Bestatter beginnen die schartigen Lippen zu flattern.

„Ich? Herr Kollege, ... ein Spaß, du kennst das ja?"

Der Journalist grinst. Josef schnappt ihn sich und reißt den ganzen kleinen Menschen mit einem Ruck beidhändig vom sicheren Erdboden hoch.

„Wiederhole, was du über mich gesagt hast!"

„Nichts!", stößt der Journalist krächzend heraus.

„Nichts hast du gesagt", schreit Josef, „nichts habt ihr zwei über mich gesagt?"

„Ich nicht, er war es", versichert der Hasenschartige und zeigt auf den Journalisten. Der Journalist grinst.

„Lassen Sie meinen Mann in Ruhe", schreit plötzlich eine große, in ihrer Erscheinung sehr streng wirkende Frau aus der Menge.

„Halt dich da raus, Mutti!", faucht der Journalist genervt.

Die junge Frau des Bestatters geht kopfschüttelnd in die Kirche.

„Ja. Haltet euch da nur raus! Frauen sollen gefälligst Jungen bekommen und sich nicht in Dinge mischen, von denen sie keine Ahnung haben!", schimpft der Hasenschartige seiner Frau wütend hinterher.

„Feigling!", ruft die Frau des Journalisten und prügelt mit ihrer Handtasche auf den Hasenschartigen ein.

„Er war es doch, er!", ruft der Bestatter.

„Na dann!" Josef wirft den Journalisten mit einem gewaltigen Schwung in Richtung Bestatter und beide plumpsen unbeholfen auf den Asphalt.

„Das werden wir anzeigen", schreit die Frau des Journalisten.

„Halt endlich den Mund, Mutti!", brüllt der Journalist.

Es entbrennt ein wilder Streit zwischen den beiden Eheleuten.

„Fragen Sie doch ihren Mann", sagt Josef. „Was er mit ‚etwas Frischem, Jungen' meint!"

Stille.

Die Frau des Journalisten erbleicht. Sie starrt auf ihren Mann, dem das Grinsen vergangen ist. Nun grinst der Hasenschartige. „Man trifft sich immer zweimal, mein Lieber", zischt der Journalist durch seine kleinen spitzen Zähne. „Dein Geheimnis lüfte ich, und wenn es das Letzte ist, was ich tue."

Josef ist in der Kirche eingenickt, als ihn der Tusch der Blaskapelle, der den Auftritt von Hochwürden ankündigt, aus dem Schlaf reißt.

Als Josef die Augen öffnet, sieht er neben sich Ragusa, die ihm mit steinerner Miene signalisiert, er solle gefälligst tiefer in die Bank rutschen. Sie ist wieder im üblichen Schwarz. Die Haare aufgesteckt. Josef beobachtet jede ihrer Regungen. Aber kein Flüstern, Zwinkern, kein Lächeln seinerseits wird von ihr erwidert. Als der Gottesdienst vorbei ist, macht sie sich auf, die Kirche schnell zu verlassen. Doch da die anderen dies auch wollen, bleiben sie beide im Gedränge der Einheimischen stecken. Josef schiebt sich näher an sie heran. Er spürt, wie sich Ragusa gegen den körperlichen Kontakt mit ihm wehrt. Wieder riecht sie nach Parfüm.

„Entschuldige, Ragusa", murmelt Josef. Doch sie reagiert nicht. Die Einheimischen drängen aus der Kirche, als wären sie auf der Flucht. „Du hast mir gefehlt, Ragusa", schreit Josef nun so laut, dass ihm dabei die Luft ausgeht.

Ragusa kann sich nur schwer zu ihm drehen. Aber sie schafft es mit einer heftigen Bewegung. „Du mir auch, du mir auch", antwortet sie, als wäre es sein Echo.

Gleichzeitig nimmt sie seinen Kopf in beide Hände und küsst Josef lange und oft.

„Pietätlosigkeit", raunen die einheimischen Frauen. Sie sind neidisch auf so ein seltenes Glück, in dieser an Liebe kargen Zeit. Der Stau löst sich bald auf. Josef und Ragusa treten Händchen haltend auf den Platz. Umständlich öffnet er Ragusa die Autotür, schiebt mit einem Ruck das kaputte Lederdach zurück. Bevor Josef losfährt, winkt er den Einheimischen und wünscht ihnen „einen schönen Sonntag noch!"

Auf dem Kirchplatz stinkt es nach verbranntem Gummi, als wäre eben der Teufel geflohen. Wie zwei Jungverliebte aus einem alten Film rasen die beiden durch die Straßen der Stadt. Josef ist schon lange nicht mehr so gut gefahren wie heute. Ragusa hat ihre weißen Haare aufgemacht. Wie eine Friedensfahne wehen sie im Fahrtwind. Nach einiger Zeit spürt er ihre Hand in seinem Schritt. Als er überrascht zu ihr schaut, zwinkert sie ihm zu. „Hast du Hunger", ruft sie, „ich hätte einen Braten im Rohr!"

Er verschluckt sich und sein „Ja" klingt wie „Quack".

*

Ragusas Wohnung mit kleinem Balkon ist im zweiten Stock. Ein gemütliches Zuhause, hell, ohne unnötiges Möbelzeug. Nur Stellagen voller Bücher. Es duftet nach Braten. Ragusa beeilt sich, ein zweites Gedeck aufzulegen.

„Übrigens, die Jacke war ein Irrtum", sagt sie.

Sie nimmt eine Flasche Wein aus dem Kühlschrank und legt eine Schallplatte auf.

„Würdest du bitte öffnen? Ich ziehe mich um. Dann können wir essen."

Während Ragusa im Schlafzimmer verschwindet, schaut Josef sich in ihrer Wohnung um. Ein Fernseher neben dem Plattenschrank. Landschaftsbilder an den Wänden. Josef öffnet den Wein und gießt ihnen ein.

Als er die Schlafzimmertür hört, dreht er sich um. Da steht sie. In einem geblümten, hellen Seidenkleid. Darüber fließt ihr dichtes, weißes Haar über Schultern und Rücken bis zur Hüfte.

„Auf uns", sagt sie und nimmt ihr Glas.

„Ja", erwidert Josef, „auf uns." Und sie stoßen an.

Der Schlager ist verklungen und für einen Moment ist es still. Ihre Blicke wollen sich noch nicht ganz begegnen.

„Rinderbraten mit Kartoffeln, du magst?"

„Ja", sagt Josef, „sehr gerne."

Stille.

„Ich habe mich nach dir gesehnt, Herr Josef, weißt du das?"

„Ich mich auch", murmelt Josef.

Sie nimmt ihn in ihre Arme und küsst ihn. Ihr wunderschönes Gesicht ist übersät von ganz feinen Falten wie das Wachspapier seiner Friedhofslandkarte. Sie streicht ihm über seine Glatze, beißt ihm ins Ohr, küsst ihn auf Augen, Mund, Nase, Kinn, Hals. Langsam, sehr langsam kann er sich lösen. Er streicht mit beiden Händen unbeholfen ihren Körper entlang, spürt ihre Rundungen. Die Jalousien verdunkeln das Schlafzimmer. Ragusa zündet Kerzen an und legt erneut eine Platte auf mit einem Lied aus ihrer Jugend.

„Auf das, was wir beide so lange entbehrt haben, mein Lieb!"

Sie stoßen an.

„Zieh mich aus ... bitte", sagt Ragusa. „Ganz langsam."

Josef will etwas sagen.

„Pscht", unterbricht sie ihn und legt ihre Hände auf die seinen, die sich hilflos in ihr Kleid verkrallen und den Reißverschluss nicht öffnen können.

„Entschuldige."

„Pscht, es ist schön so, mein Lieb." Und sie hilft dem Alten, ihr das Kleid auszuziehen. Ihre großen Brüste, ihr kleiner runder Bauch, die weiten Hüften, ihre Schenkel.

„Komm, komm zu mir", sagt Ragusa leise und beginnt Josef auszuziehen.

Plötzlich spürt er den Druck auf seiner Brust. Er muss innehalten. Josef setzt sich auf den Stuhl. Er atmet schwer.

„Du musst mir nichts beweisen", sagt Ragusa.

„Ja, ja", stöhnt der Alte und schwingt sich in einer eigenartig steifen Pirouette über sie auf das Bett.

„Nimm mich", flüstert sie, „nimm mich, mein starker Mann!"

Ragusas große Brüste drücken sich gegen seine behaarte Brust. Als sie seinen Penis berührt, greift Josef mit beiden Händen in ihre Haare und presst sich ihren Kopf, Stirn an Stirn, fest gegen den seinen.

„Ja, Josef mein Mann, nimm mich, mein starker Mann!"

‚Mein kleiner Kaiser, nimm mich!', schrie Fräulein Ida. ‚Ja, nimm mich, Josef, beiß mich!' Sie drückte mir ihre rote Scham immer fester auf mein Gesicht. Ich biss zu! Sie schrie und lachte gleichzeitig, tief, kehlig wie ein urzeitliches Tier, ‚Du gehst aber ran, mein Kaiser!' Ich spürte ihre Hände an meinem Hals, wie sie mich würgte, und je weniger ich atmen konnte, desto größer wurde die Lust, und ich schlug auf sie ein, egal wohin. ‚Ja, so ist es recht, mein Kaiser ...'

„Josef? Josef? Josef?"

Der alte Mann erwacht und spürt etwas Kaltes auf seiner Stirn. Er schlägt die Augen auf. Sein Atem geht schnell.

„Josef, ich bin es."

Ragusa sitzt im Bademantel neben ihm auf dem Bett, tupft ihm mit einem feuchten Tuch Schweiß und Tränen aus dem Gesicht. Er will hoch, kann aber nicht.

„Langsam, mein Lieb."

Stille.

„Ragusa, ich ... ich habe Hunger", sagt Josef.

„Ja, ja, ich habe auch Hunger."

Nachdem Josef sich wieder angezogen hat, ist es zwischen ihnen nicht mehr wie vorher. Sie reden über das Wetter, die Preise der Lebensmittel, Geschäfte, die Morde, die Einheimischen, die Bürgermeisterwahl und alles, was sich anbietet, nur nicht über sich. Ragusa pfeift dazwischen leise vor sich hin.

„Ich muss gehen", sagt Josef plötzlich und erhebt sich.

„Ja", murmelt Ragusa und versagt sich ein Stück Braten, „ja, ja, geh nur."

Josef legt sein Besteck auf den Tisch. Alles, wozu er fähig ist, ist seine Hände auf die ihren zu legen.

„Ich hätte mich mehr um meinen Mann bemühen müssen", murmelt Ragusa, „und nicht nur an mich denken sollen. Vielleicht war es das, was ihm fehlte. Liebe und Zärtlichkeit. Vielleicht wäre dann alles leichter gewesen für ihn." Damit zieht sie ihre Hände zurück.

Sie mag die Ungeduld in Josefs Aufbruch nicht. Gerne hätte sie mit ihm noch am Bett gekuschelt. Dabei richtet sie sich den verrutschten Bademantel, der den Blick auf blutige Kratzer und rote Striemen auf ihrer Haut freigibt.

‚Hol ihn der Teufel', denkt sie, ‚Männer sind eben so!'

Sie öffnet das Fenster und wartet, ob er sich noch einmal zu ihr umdreht.

*

Man lässt sich gehen in der Stadt in den Bergen, und das befördert bei den Einheimischen die niedersten Instinkte an die Oberfläche. Dass ein Zugewanderter sein Essen genießt, sich über seinen gesunden Blutdruck freut oder vergnügt ein Liedchen pfeift, genügt oft schon, um Aggressionen auszulösen. Dann schlagen, treten, beißen sie auf alles ein, was ihnen an Fremdem in den Weg kommt: Mit bloßen Händen trommeln sie auf Autos einer fremden Automarke, reißen fremde Sträucher und Pflanzen aus oder schlagen ihre Köpfe so lange an Hausfassaden aus fremdem Stein, bis sie blutig sind. Es ist ihnen egal, wie weit sie dafür zu gehen haben, ob sie dafür hochspringen oder tief in die Erde graben müssen: Wenn der Hass sie überkommt, zerstören sie Fremdes. Weit weg sind ihre Absichten vom Vorjahr, Sparvereine für Zugewanderte zu gründen. Legebatterien für Hühner artgerechter zu gestalten. Integrationsstätten statt Tankstellen zu bauen. Sich auf salzfreien Schneematsch zu freuen oder in den Schulen ein Pflichtfach Herzensbildung einzuführen.

Viele Einheimische flüchten zu Hochwürden, in der Hoffnung, wenigstens von ihm Beistand zu bekommen. Aber auch der heilige Mann quält sich. Wie soll er Seelsorger sein, wo er sich doch nicht einmal selbst helfen kann. Der asthmakranke Mann verkriecht sich in seiner Kirche. Seit dem neuerlichen Kindermord überfällt ihn jede Nacht derselbe Alptraum, und das Asthma quält ihn schrecklicher denn je. Ihm träumt, er steht auf einem Berg, hat lange weiße Haare und einen großen Bart. Er trägt eine grobe Kutte aus Leinen. In den Händen hält er ein großes Holzkreuz, an das ein kleiner Junge mit blauen Augen und einem roten Haarschopf genagelt ist. Massen von Einheimischen umringen ihn, singen und beten. Er stemmt das große Kreuz mit beiden Armen hoch, doch plötzlich beginnt der Junge laut zu schreien. Der Körper löst sich vom Kreuz, fällt Hochwürden auf den Kopf und verkrallt sich dort in Bart und Haaren wie eine Fledermaus.

Dann erwacht Hochwürden verschwitzt und hat unbändigen Hunger. Nachdem er zu spät zu viel von seinem selbst geräucherten fetten Speck gegessen hat, kann er nicht mehr schlafen. Dazu jagt ein Asthmaanfall den anderen und das jede Nacht.

Wem könnte er das erzählen? Wer hat denn in dieser Zeit ein verständiges Ohr für ihn? Aber im Gegensatz zu vielen Einheimischen hat er wenigstens noch seinen Gott, der alle seine Sorgen geduldig erträgt.

Es ist eine Stimmung in der Stadt in den Bergen wie vor einem schweren Gewitter, und die Einheimischen sorgen sich. Die fetten schwarzen Wolken stoßen an die Baumwipfel, nur das Summen tief fliegender Insekten ist in der sonst bleiernen Stille zu hören.

„Da ist etwas Gewaltiges im Anmarsch", sagt der Bürgermeister und bittet Hochwürden, ihm zu Beginn des Wahlkampfes die Beichte abzunehmen. So hat es sein Vater immer getan, wenn er vor schweren Entscheidungen stand.

„Es ist", sagt der Bürgermeister, „als würde mir alles entgleiten. Ich erwache, arbeite, lege mich schlafen, tagaus, tagein. Ich habe alles, aber freue mich über nichts. Dabei fühle ich mich, als würde ich Teil für Teil absterben."

„Das sind Klagen und keine Sünden", ermahnt ihn Hochwürden verärgert, „und an Klagen habe ich selbst keinen Mangel." Hochwürden segnet den Bürgermeister darauf doppelt und lässt ihn allein im Beichtstuhl zurück.

*

„Michael, mein Freund, was ist? Warum redest du nicht mit mir?"

Da klingelt das Telefon.

„Ich habe mir Sorgen um dich gemacht", sagt Ragusa.

Josef spürt, wie sehr er sich nach ihr sehnt.

„Ich hatte zu tun."

„Verstehe."

Stille.

„Und dir, wie geht es dir?", fragt Josef.

„Kommst du noch ...?"

„Ja, ... nein, ... ja", stottert er unsicher, „schon, eigentlich schon. Aber ..."

„Aber? Wie auch immer. Du bist willkommen, mein Lieb", sagt sie und legt auf, ohne seine Antwort abzuwarten.

Hätte er ihr sagen sollen, wieviel er für sie empfindet, wie gerne er mit ihr zusammen ist?

„Warum gehst du nicht zu ihr, Josef, mein Freund."

„Da bist du ja wieder, warum lässt du mich so lange allein Michael?"

„Ach, du kommst ganz gut alleine zurecht."

„Meinst du?"

Josef öffnet das Fenster, schiebt den Fensterladen zur Seite, atmet tief durch und schaut über die Lichter der Stadt.

„‚Wenn wir morgen tot sind, Mutter', hatte Vater gesagt, ‚ist es auch schön warm', und schenkte mir eine komplette Fotoausrüstung. Das war die letzte Weihnacht zu Hause. Vater hoffte, mich durch sein Geschenk doch noch davon abzuhalten, in den Krieg zu ziehen. Jedenfalls war der Keller ab da meine Dunkelkammer und Zutritt verboten. Mein Bruder hatte sich ein Motorrad gewünscht und ein Fahrrad bekommen."

*

Eine weitere Sorge des Stadtrates besteht darin, dass den Einheimischen immer weniger Kinder geboren werden. Somit droht der Bevölkerung à la longue Überalterung. Und was dann, wenn es doch Krieg geben sollte? Ein Krieg braucht Soldaten. Nach einem Beschluss des Stadtrates, für jedes Kind eine satte Prämie zu zahlen, schlafen die Einheimischen Querbett miteinander, in der Hoffnung, möglichst viele Kinder zu zeugen. Sie halten sich nicht mehr an Eheversprechen und schon gar nicht an die Liebe. Ärzte probieren an zeugungsunfähigen Einheimischen herum, bis sich oft ein Mann als Frau oder umgekehrt wiederzufinden glaubt.

Bei so einer Aktion hat der Bestatter von Dr. Abweger erfahren, dass die Schuld an der Kinderlosigkeit seiner Ehe an ihm liegt, also nicht an seiner jungen Frau.

„Adoptieren Sie ein Kind", empfiehlt Dr. Abweger, als der Bestatter sich einer letzten Untersuchung unterzieht. „Die Welt ist doch voller kleiner Geschöpfe, die allein sind!"

„Ich will den Überschuss anderer nicht", schreit er Dr. Abweger an, „ich will meine Jungen, meine eigenen." Seine kranke Leber hat mittlerweile seinen Bauch so sehr gebläht, als wäre er selbst schwanger mit dem Jungen, den er sich wünscht.

Die Angst der Einheimischen ist wie geschaffen, ihnen unliebsame Gesetze aufzubürden. Der Stadtrat beschließt deshalb, was immer man in Gesetze fassen kann: Wie schnell und wo Zugewanderte gehen dürfen. Wie rot ihre Kirschen zu sein haben. Ein Gesetz für die Art ihres Lachens, ihre Musik und den Humor, für ihr Leiden und ihre Tränen. Die Art des Knurrens ihrer Hunde wird gesetzlich festgelegt. Die Krümmung der Gurken. Ebenso, dass sie nur Autos aus zweiter Hand fahren dürfen. Doch je genauer der Stadtrat seine Zugewanderten durch Gesetze zu fassen sucht, desto ungenauer und größer wird bei den Einheimischen die Angst vor allem Fremden.

„Es fehlt euch ein Krieg", wiederholt Dr. Abweger am Stammtisch. „Wie ihr es auch dreht und wendet, glaubt mir, letztlich fehlt euch ein Krieg!"

*

Josefs Freunde aber, die Vögel, zwitschern derweilen fröhlich in den Bäumen. Sie bauen Nester zwischen den kleinen neuen Früchten, die sich schon von den Ästen recken. Auf den Feldern wächst alles gesund vor sich hin wie jedes Jahr, wenn die Witterung stimmt. Die Fische im Wasser und auch die Käfer im Wald wissen nichts von den großen Sorgen der Einheimischen.

*

„Einmal muss sich eben alles wieder in das Gegenteil drehen“, sagt Dr. Abweger auf der Kundgebung, bei der er für alle überraschend seine Kandidatur zur Bürgermeisterwahl bekannt gibt, „und nun ist es eben so weit“, sagt der Vorsitzende der Partei der Zugewanderten. „Die Mörser sind gestopft, die Zündschnüre angebracht, es fehlt nur noch einer, der zündet! Und das will ich verhindern!“

Es sind viele Einheimische gekommen, um ihrem Arzt zuzuhören. Polizisten überwachen die Veranstaltung.

„Egal“, sagt Dr. Abweger, „ob es jemandem passt oder nicht. Dieses Virus, das in unserer Stadt grassiert, muss bekämpft werden, bevor es uns alle vernichtet! Deshalb möchte ich euer Bürgermeister werden!“

Viele Sympathisanten sind gekommen und stimmen ihm zu, nur die Polizisten nicht. Sie empfehlen Dr. Abweger, seine Veranstaltung bald zu beenden.

*

Der Bürgermeister fühlt sich klein, als er vor dem großen, unbehauenen Marmorblock des Familiengrabes steht und den Wahlspruch seiner Vorväter liest: ‚Hilf dir selbst, dann hilft dir Gott.‘ Hier empfindet sich der kranke Mann so, wie er sich als Junge in der Welt des Vaters gefühlt hat.

„Meinen politischen Freunden kann ich nicht trauen. Am ehesten vertraue ich noch Dr. Abweger. Verstehst du?“ Josef hat Hunger, will nach Hause. Aber nun hat der Bürgermeister auch noch zu weinen begonnen.

„Ich mag keine Zugewanderten, aber er, er ist anders und er ist ein guter Arzt. Doch ich muss gegen ihn sein!“

„Warum?“

„Es ist einfach nicht gut, wenn einer immer im Recht ist!

Das hält niemand aus, verstehst du? So werden wir den Zugewanderten unseren Hass auf sie niemals verzeihen können." Auch der Bürgermeister ist von der Kandidatur Dr. Abwegers unliebsam überrascht worden.

„Ich wollte nie Bürgermeister werden, sondern Gärtner. Da staunst du? Ja? Gärtner! Mein Vater hat mich zu allem gezwungen. Auch zu einer Frau, die ich nicht liebte. Als ich meinem Vater meinen Berufswunsch mitteilte, verprügelte er mich. Von da an gab es nur noch Spinat zu essen. Das ging so lange, bis ich ein Hautekzem bekam. Mein Vater sagte, er hätte in mir nicht so einen Versager vermutet. Da war ich achtzehn Jahre alt. Da hatten andere Jungs unserer Stadt schon die x-te Freundin und ich onanierte immer noch mit schlechtem Gewissen, aus Angst, weil man mir gedroht hatte, dass dadurch das Rückenmark verloren ginge. Kaum war ich aus dem Spital, kümmerte ich mich nur noch darum, was ein Bürgermeister zu tun hatte. Ich heiratete am ersten Tag meiner Großjährigkeit das Mädchen seiner Wahl. Nachdem ich ihm alles erfüllt hatte, war er wunschlos. Keine Forderungen mehr. Ich war seine Kopie. Er übergab mir das Amt und starb."

Der Bürgermeister schreit nun vor Lachen.

„Warum gibst du dein Amt nicht ab, wenn es so eine Last ist?", fragt Josef.

„Weißt du", sagt der Bürgermeister, sein Lachen ist genauso schnell verschwunden wie vorher seine Tränen, und er bekommt einen stieren Blick, „weißt du, es ist wie beim Sex. Wenn man es einmal getan hat, dann kann man nicht genug davon kriegen."

*

„‚Lieber Pepi. Wie geht es dir? Mir geht es gut. Bist du gesund? Ich habe die Ruhr. Dass unser Vater so schnell hat sterben müssen? Wie geht es Mami? Hörst du was von ihr?

Der Krieg ist hart, härter als ich gedacht habe. Wir marschieren viel, essen und trinken wenig, es schaut so aus, als müssten wir bald aufgeben. Ich hoffe, du hast es besser?

Liebe Grüße von deinem Bruder!

PS: Hast du schon jemanden erschossen?'

Diese Postkarte kurz vor der Vermisstenmeldung ist mir von ihm geblieben", sagt Josef. „Diesem starken Jungen. Der Fußballer und Mädchenschwarm, der Raufbold, der Mechaniker. Der Erstgeborene, dem Mutterbuben, dem die alten Kämpfer nur einen zweiten zugetraut hatten, wobei er ein Sieger hätte werden müssen. Er hatte alles klar vor Augen. Beruf, Haus, Frau und Kinder. Nun war er wahrscheinlich tot. Und keiner wusste, wie und wo er verreckt war. ‚Gefallen für das Vaterland, in Tapferkeit vor dem Feind.'

Als ich bei der Befehlsausgabe die Vermisstenmeldung erhalten hatte, bekam ich, wie schon bei der Meldung, dass mein Vater gestorben sei, hohes Fieber und Durchfall.

Als ich ins Lazarett gebracht werden musste, tropfte mir alles aus den Hosenbeinen meiner Uniform, und ich übergab mich immer wieder. Wie peinlich mir das war. Die Schwestern starrten mich verächtlich an und machten sich über mich lustig. Sie hielten mich für einen Feigling.

‚Diese Gastritis haben wir gleich', sagte der Arzt grinsend und meldete dem Vorgesetzten einen Simulanten.

Immer wieder schreckte ich aus meinen Fieberträumen schwitzend hoch, ich dachte, meine Familie stünde bei mir am Bett. ‚Du wäschst deinen Dreck selbst aus der Unterhose, bis du damit aufhörst', befahl Mutter mir. Mein Bruder stand daneben und grinste. Mein Vater aber stand mit dem Rücken zu mir am Fenster und schwieg. ‚Pepi scheißt die Hose voll, Pepi scheißt die Hose voll', hänselte mich mein Bruder. Ich hoffte, dass sich mein Vater umdrehen und mir beistehen würde.

‚Pepi scheißt die Hosen voll! Pepi scheißt die Hosen voll!'

‚Vater hilf mir?'

‚Wenn du mich hier im Spital lässt, mag ich dich nicht mehr, hast du zu mir gesagt, mein Junge, und jetzt soll ich dir helfen?'

Weil ich Angst hatte im Spital, Angst. Niemand weit und breit, der mir vor dem Einschlafen die Decke zurechtrückte. Kein warmes Feuer im Ofen. Niemand gleichaltriger, der mit mir spielte, nur alte Menschen, Michael. Alte Menschen, überall Krankheit, Elend, Einsamkeit, Schmerz und Tod! Die hellen Lampen des Krankenhauses leuchteten mir in jede Ecke. Jeder, der wollte, konnte in mich hineinschauen. Ich wollte nach Hause, ich hatte Angst und da habe ich ins Bett gemacht. Professor Blindarm war glücklich und sehr zufrieden mit mir.

‚Endlich entsprichst du dem Lehrbuch, mein Junge', sagte er.

Als ich nach Hause kam, sagte niemand ‚Du hast uns gefehlt, schön, dass du wieder bei uns bist!' Niemand hat mich umarmt und gehalten.

Da machte ich eben wieder in die Hose.

‚Du wäschst deinen Dreck selbst aus der Unterhose', befahl die Mutter, ‚bis du damit aufhörst!'

Der Bruder lachte. Mutter zeigte mit dem Finger auf die grüne Waschschüssel.

‚Vater, hilf mir!'

Tag für Tag ließ ich Wasser in die grüne Schüssel, wusch

meine Scheiße aus den Unterhosen, die ich im Hof hinter dem Haus auf die Wäscheleine hängen musste, damit die Nachbarn sie nicht sahen.

‚Pepi scheißt die Hosen voll, Pepi scheißt die Hosen voll!'

Auf einmal ein scharfes Surren, dann ein tiefer satter Ton. So könnte ich mir die Ankunft Gottes auf Erden am jüngsten Tag vorstellen. Mein Bruder hatte vom Vater eine gewaltige Ohrfeige gefangen.

Und nun sollten beide tot sein, Michael, weg für immer, als hätte ihnen die Kindheit mit mir genügt und sie wären an meinem weiteren Leben nicht mehr interessiert.

Als mich der Lärm der Visite weckte, war mein Zustand noch nicht besser. Der Arzt und die Schwestern grinsten. Der Vorgesetzte, hofften sie, würde mich nun an die Front jagen. Da würde ich den Ernst des Lebens kennenlernen.

‚Diagnose?', fragte der Vorgesetzte.

‚Simulitis', meldete der Arzt grinsend. ‚Fieberschübe, kotzt und scheißt wie ein Reiher. Hat wahrscheinlich Terpentin getrunken.'

‚So, so', sagte mein Vorgesetzter. ‚Hat er das?'

Ich schüttelte den Kopf.

‚Therapie?'

Der Arzt wusste nicht, was er antworten sollte, denn es war allen klar, wie sein Vorgesetzter normalerweise mit Simulanten und Selbstverstümmlern verfuhr.

‚Therapie!', wiederholte der Vorgesetzte.

‚Jawohl! Äh, fiebersenkende Tabletten!'

Und genau in diesem Moment begannen die Sirenen zu heulen. Der Vorgesetzte horchte kurz auf, ‚Fliegeralarm!', sagte er ruhig und ging.

Von nun an behandelte mich der Arzt wie ein rohes Ei. Erst als mich nur noch Wasser und Schleim verließen, hörten die

Krämpfe auf und das Fieber ging zurück. Der Arzt ging noch mit Heilerde und Kamillentee dagegen an. Einen Tag später frühstückte ich das erste Mal Zwieback zum Tee. Ungeduldig bat ich die Schwester, mir die Uniform zu bringen. Ich wusch mich, noch wackelig auf den Beinen, und zog mich an.

‚Wie steht es mit uns, Schwester?'

‚Aus', sagte sie lächelnd. ‚Aus und vorbei!'"

*

„Wenn du beim Fotografieren durch den Sucher schaust, mein Junge", sagt Josef, „das Licht stimmt und alles richtig eingestellt ist, kannst du vielleicht den einen Moment für immer auf dem Foto einfangen. Wenn du das Herzens-Auge dafür hast. Das ist die Kunst. Du musst den Moment erkennen, in dem dein Herz schaut. Die Sicht auf etwas, die kein anderer Mensch hat in diesem Moment, nur du, verstehst du? Deshalb ist es so wichtig, mit dem Herzen zu sehen, verstehst du?"

Michael schweigt.

„Bei solchen Erklärungen konnte der Gemischtwarenhändler manches Mal so außer sich geraten, dass er mir unheimlich war: ‚Lass dich nicht von der Herzensschlampigkeit der Menschen beeinflussen!', sagte er.

Der Gemischtwarenhändler hatte nicht die neuesten Apparate, aber gerade das Mechanische machte mir Spaß. Belichtungszeiten, Blenden, Objektive etc., was es da alles zu beachten gab. Heute hast du Apparate, die vieles automatisch machen. Er war sehr streng mit mir. Ich lernte spielend schnell mit seinen verschiedenen Kameras umzugehen. Er war unverheiratet und hatte keine Kinder. Der alte Mann war ein Zugewanderter aus dem Städtchen am Meer. Als Reisefotograf für Zeitschriften war er unterwegs gewesen. Und doch war sein größter Traum nicht in Erfüllung gegangen. Gerne wäre er Kriegsberichterstatter geworden. In seiner Jugend gab es aber keinen Krieg und für diesen war er nun zu alt. Der Gemischtwarenhändler eröffnete mir zum Abschied seinen letzten Willen.

‚Ich vererbe dir alles. Du musst mir aber versprechen, dass du Kriegsberichterstatter wirst.'

Ab da war mir völlig klar, dass ich Fotograf werde und nach dem Krieg das Geschäft meines Lehrmeisters weiterführen würde. Der Alte hatte so sehr gehofft, dass wir seiner alten Heimat einmal richtig zeigen, was Krieg ist. Aber sobald klar war, dass wir den Krieg verlieren, verabschiedete er sich mit einem Strick um den Hals aus dieser Welt.

‚Dann seid ihr eben auch nicht besser.'

‚Josef', hatte der alte Gemischtwarenhändler vor meinem Abmarsch in den Krieg gesagt, ‚Josef, du bist das Dankeschön vom lieben Gott für mein grausames Schicksal.' Aber das Testament, das mir alles vermacht hätte, hatte er vergessen.

Mir war von ihm nur die Kamera geblieben, die er mir geschenkt hatte."

*

Inzwischen hat die Sonne mit ihrer fruchtbaren Kraft alles reifen lassen, was in der Umgebung unserer Stadt noch reifen kann und will. Es wird Herbst. Die Zeichen der für Josef schönsten Jahreszeit sind nicht mehr zu übersehen. Die Früchte auf dem Feld und im Garten sind saftig und bereit zur Ernte. Das feiste Wild wartet im Wald auf die einheimischen Jäger, aber dieses Jahr kommen sie nicht. Sie sind zu sehr mit sich selbst beschäftigt. Unbarmherzig hat das

Schicksal seine schlechtesten Gaben über Josefs Heimatstadt ausgeschüttet.

Die Erntedank-Prozession, die Hochwürden dieses Jahr nur widerwillig veranstaltet, ist zu seinem Erstaunen gut besucht. Er ist zwar froh, dass sich die Schäfchen wieder Gott zuwenden. Doch ihre Forderungen und Erwartungen sind zu hoch. Vor allem aber sind die Einheimischen zu ungeduldig hinter einem schnellen Seelenheil her. Damit ist der kranke Gottesmann überfordert.

„Glaubt ihr, ihr könnt auf einen Knopf drücken", schimpft Hochwürden in der Predigt. „Glaubt ihr, der liebe Gott sagt irgendwann ‚Schwamm drüber, vergessen sind eure Sünden über die Jahre, aus, sind wir wieder die Alten?'

Ohne Reue keine Buße und ohne Buße keine Vergebung und ohne Vergebung kein Seelenheil. Basta!"

*

Ragusa und Josef treffen sich regelmäßig im Haus des Bäckers. Die Erben, Verwandte von Ragusas Mann, haben im Erdgeschoss ein Kaffeehaus eingerichtet. Dort üben die beiden Alten, während sie Kaffee trinken und Kuchen essen, wie Liebende miteinander umzugehen haben. Josef hält ihre Hand, und ab und zu gibt Ragusa ihm einen Kuss. Sie empfindet nichts Unangenehmes mehr dabei, wenn sie sich als Gast in ihrem ehemaligen Zuhause aufhält. Nur manches Mal überrascht sie noch ein Anfall von Zorn, nicht mehr Erbe gefordert zu haben, wenn sie den Reichtum der Bäckerfamilie sieht.

„Ich habe hier vieles entbehren müssen. Ich will aber nicht klagen, mein Mann hat sich bemüht."

Josef verdreht die Augen.

„Ja, er hat sich bemüht, nämlich um mich! Ob es dir passt oder nicht! Er war gut zu mir und hatte Geduld, du bist mir immer mehr aus meinem Herzen gerutscht. So war das! Ja, ja. Selbst Schuld, du musstest ja ein Held werden! Alles ging so schnell. Du bist weg, ohne auf Wiedersehen zu sagen, hast mich allein gelassen. Es war Krieg. Er war für mich da. Mein Großvater war froh, mich unter die Haube gebracht zu haben. Wir hatten keine Zeit, uns lieben zu lernen. Wir kamen mit der vielen Arbeit im Betrieb nicht nach. Und gleich beim ersten Kennenlernen forderte die Schwiegermutter einen Erben! Alles hatte sofort zu passieren und so, wie sie es wollte. Mein Schwiegervater versuchte sich für uns einzusetzen. ‚Kümmere du dich um die Bäckerei', befahl sie ihm und er tat, wie sie es von ihm verlangte. Seine Frau hatte kein Verständnis für andere Ansichten und Geschwindigkeiten als die ihren und ihr Mann keinen Mut. ‚Entweder man will und tut oder man will nicht, dann lässt man es eben', sagte sie.

‚Lass den Kindern doch ihre Zeit', forderte ihr Mann.

‚Zeit, Zeit, Zeit', widersprach sie, ‚wer weiß denn, wie viel Zeit mir noch bleibt', und wie immer begann sie hysterisch zu weinen.

In der Folge wurde mein Mann stiller. Er schämte sich, dass er sich gegen seine Mutter nicht durchsetzen konnte. Er kam nur mehr selten zu mir ins Bett, darüber gelangen uns dann doch ab und zu Zärtlichkeiten. Ich betete jedes Mal, schwanger zu werden. Nichts wäre mir lieber gewesen als ein Kind. Verstehst du mich, mein Lieb?"

Stille.

„Ich wollte ein Kind. In einem Kind sah ich die einzige Chance für ein glückliches Leben. Und ich wollte nichts anderes als glücklich leben. Ich wurde aber nicht schwanger. Wir konzentrierten uns von da an nur noch auf die Arbeit in der Bäckerei. Seine Mutter verstärkte jedoch den Druck. Die Erbfolge musste gesichert sein.“ Ragusa kramt ein Taschentuch aus ihrer Handtasche und wischt sich die Augen. Josef gibt ihr einen Kuss.

„Eines Abends, während wir miteinander schliefen, hatte ich Schmerzen. Da wurde er wütend und ging zu seiner Mutter. Er drohte ihr, sofort in den Krieg einzurücken, wenn sie sich weiter in unser Leben mischte. Sie überschrieb ihm daraufhin die Hälfte des Betriebs, der seinem Vater gehörte, aber ihre Hälfte würde er trotzdem erst dann bekommen, wenn ich einen Erben zur Welt brächte. Wir fanden uns mit dieser Situation ab. Er behandelte mich weiterhin gut, fasste mich aber nicht mehr an. Er begann, extrem Sport zu treiben, und nahm die Jagd, die ich verabscheute, wieder auf.“

Stille.

„Der gleichzeitige Tod meiner Schwiegereltern war wie ein letzter großer Vorwurf an mich. Und ein halbes Jahr später kam ich eines Morgens in die Backstube, da lag mein Mann regungslos mit dem Oberkörper im Teigtrog versunken. Die einheimischen Frauen gaben mir die Schuld. Sie hassten mich, weil ich ihnen den reichen Bäcker weggeschnappt hatte.“

„Verständlich“, murmelt Josef.

Ragusa gibt Josef einen Klaps auf den Kopf.

So albern die beiden herum, reden, lachen. Die Einheimischen schütteln die Köpfe. Neidisch staunen sie darüber, wie kindisch alte Menschen sein können. Doch Ragusa und Josef kümmert das in ihrem Wohlgefühl nicht, auch nicht, dass der Polizeikommandant w. i. D. sie von einem kleinen Ecktisch aus beobachtet.

„Ungustiös, nicht“, raunt der Kellner dem Polizeikommandanten w. i. D. leise zu.

„Herr Polizeikommandant, stell er sich vor. Die Witwe des Bäckers und der Totengräber, hier ...?"

„Wasnimmtersichheraus ...", fährt der Polizeikommandant w. i. D. plötzlich den erstaunten Kellner an und springt auf. Der erschrickt und sucht das Weite. Der Polizeikommandant w. i. D. schmeißt Geld auf den Tisch und geht. Die einheimischen Besucher staunen.

Ja, er beneidet Josef und Ragusa. Ihm selbst hat Gott die große Liebe brutal ausgestrichen. Gerne hätte er mit seinem langen dünnen Freund vom Militär ein Leben nach dem Krieg verbracht. Seit dem Tod seines Geliebten hat der dicke Mann alles zu unterdrücken versucht, was sein Körper und sein Herz Schönes vom Leben gebraucht hätten. Der Anblick erinnert ihn, wie notwendig sie beide füreinander gewesen sind. Gemeinsam konnten sie lachen, zärtlich sein, durften weinen, wenn ihnen das Leben den Schmerz bis zum Hals heraufdrückte. Sie waren glücklich gewesen bis zu dem Zeitpunkt, an dem ihre Beziehung durch eine Unvorsichtigkeit im Waschraum der Kaserne aufgeflogen war. Ab diesem Moment war alles zu Ende. Der Vorgesetzte kommandierte den dünnen Freund an die Front ab, wo er bald, absichtlich oder nicht, in einem Kugelhagel umkam. Der Dicke wurde zum Erschießungskommando versetzt. Es gelang ihm, sich damals wie auch nun in diesem Lebensabschnitt zu fügen. Wie er es als Kind gelernt hatte, zu Hause, in der Schule, auf der Polizeiakademie, beim Militär, immer fügte er sich. Sein Vater hatte seine Mutter während der Schwangerschaft sitzen lassen. Bald nach seiner Geburt lernte seine Mutter einen anderen Mann kennen. Sie vernachlässigte das Kind für die Liebe und Geborgenheit, die sie hoffte, endlich von diesem Mann zu bekommen. Die einzigen menschlichen Zuwendungen an das Kind waren Prügel. Als er ins Bett machte, vergaß sich sein neuer Vater so in seiner Wut, dass die Schläge bei dem kleinen Jungen einen Kehlkopfschock bewirkten. Davon war ihm die Eigenart zu sprechen geblieben. Und wie bei der Polizei entwickelte er sich auch als Soldat zum treuen Untergebenen seiner Vorgesetzten, fügte sich und erfüllte seine Pflicht.

Er lebte allein, hatte keine Freunde, verließ die Stadt von Zeit zu Zeit, für zwei, drei Tage, an einen unbestimmten Ort oder ging in den umliegenden Wäldern auf die Jagd. Nach Josefs endgültiger Rückkehr im Frühjahr war im Polizeikommandanten w. i. D. alles wieder aufgebrochen.

*

Der Friedhof ist der einzige Ort, an dem Josef sich wohl und sicher fühlt. Ein schlichtes Grab hat seine Mutter für die Familie ausgesucht mit einem kleinen Stein. ‚In Pflicht und Treue gefallen für das Vaterland' steht über dem Namen seines älteren Bruders, der vermisst wird.

‚Es hat einen Sinn gehabt', verteidigte die Mutter ihren Liebsten, ‚für was auch immer. Sein Tod, Pepi, ist für irgendwas gut gewesen!' Josefs Mutter hatte die Inschriften am Grabstein hoch genug ansetzen lassen, so dass auch Josefs und ihr Name einmal genug Platz finden würden. Den Namen seines Bruders hatte sie doppelt so groß schreiben lassen wie den des Vaters. Josef setzt sich auf die Umrandung des Grabes und zupft Gräser aus dem Kies.

„Was ist mit dir Josef mein Freund, rede, erzähle!"

„Ach, wenn das so einfach wäre, Michael, mein Junge."

„Fang einfach an!"

„Mein Vater war auf einem kleinen, verschuldeten Bauernhof aufgewachsen. Großvater war ein Säufer und Spieler, die

Großmutter ließ meinen Vater mit fünf Jahren allein auf dieser Welt zurück. Es wurde erzählt, dass der Großvater sie, als er wieder einmal betrunken nach Hause kam, verprügelt und die Treppe zum Keller hinuntergestoßen habe. Aber offiziell starb sie an Schwindsucht. Von da an hatte mein Vater weder ein warmes Bett noch genug zu essen und schon gar keine Liebe. Das wenige, das Vater gelernt hatte, reichte für etwas Schreiben, Lesen und Rechnen. Gegessen, wenn es überhaupt etwas gab, wurde Maisgries, in Wasser gekocht, und darüber wurde heißes Schweinefett gegossen. Seine Bettstatt war ein alter Leinensack mit Stroh gefüllt neben dem Ofen. Die einzige Hose und das rupfene Leinenhemd behielt er an, denn dem ewig hungrigen Buben war auch dauernd kalt. Und wenn Großvater in den Morgenstunden betrunken nach Hause kam, floh mein Vater durch das Fensterkreuz ins Freie, um einer sinnlosen Tracht Prügel zu entgehen. Hatte der Großvater beim Kartenspiel verloren, brauchte er einen Sündenbock. Da nichts mehr für niemanden reichte, wurde mein Vater zu einem Bauern auf Kost und Logis gegeben. Aber die Arbeit auf dem Hof war sehr schwer für einen Buben seines Alters. Er durfte auch in die Schule, wenn es regnete oder sonst nichts zu tun war. Da der Bauer den schmächtigen, aber fleißigen und lustigen Kerl gern hatte, bekam er selbst gekelterten Wein in einer alten Fischkonserve und geräuchertes Hundefleisch.

Wenn mein Vater, nachdem er den starken Wein getrunken hatte, auf dem Hof herumtorkelte und wirres Zeug schrie, sagte der Bauer: ‚Lustig ist er, wie sein Vater es einmal war', und lachte. ‚Genau so wird er werden, wie sein Vater. Das erkennt man schon am Kind.' Seit das Kind auf dem Hof war, kam der Bruder des Bauern, der Wirt des Dorfes, öfter auf Besuch. Er brachte dem Jungen Kleider, brachte ab und zu einen Dachhasen, wie man gebratene Katzen nannte, und zu

Festtagen auch ein Geldstück mit. Der Bub freute sich, sagte artig Danke und drückte dem Bruder des Bauern einen Kuss auf die Wange, weil dieser das verlangte. Als wieder einmal zuviel getrunken wurde, ließ man meinen Vater mit dem Wirt im Keller allein. Sei brav zum Onkel, hatte der Bauer gesagt und setzte meinen Vater auf den Schoß des Wirtes. Es gefiel ihm, dass der Wirt ihm über den Kopf strich und übers kleine Gesichtchen. Doch plötzlich war die alte, faltige Hand des Wirtes in seiner Hose und mein Vater spürte die kalten Finger zwischen seinen Oberschenkeln. Gleichzeitig wurde der Druck des anderen Armes um den Rücken des Kindes wie eine Zange. Er bat den Wirt, ihn loszulassen. Das tat der nicht, im Gegenteil, er murmelte etwas von nicht undankbar sein und bekam einen hitzigen, roten Kopf. Er drängte mit seiner Hand immer heftiger in den Schoß des Buben. Mit einem Ruck sprang das verstörte Kind vom Schoß des Alten hoch und warf ihm die Katzenknochen ins Gesicht. Dabei stürzte der Bruder des Bauern, der mittlerweile sehr betrunken war, rückwärts über die Bank auf den Steinboden des Kellers, schlug sich den Kopf dabei wund und blieb liegen. Der Bub holte weinend den Bauern und erzählte ihm, was passiert war. Der Bauer verprügelte meinen Vater und drohte, ihn nach Hause zu schicken, wenn er jemandem davon erzählte. Dem Wirt war außer einer Beule am Kopf nichts weiter passiert. Als Mundverschluss, wie der Bauer sagte, bekam mein Vater seinen ersten groben Leinenanzug und eine kleine Summe Geldes vom Wirt.

Als mein Vater mit 18 wieder nach Hause kam, war der Bauernhof vom Großvater weitergegeben an einen Nachbarn. Vater suchte sich eine Lehrstelle als Zimmermann. Mit Holz zu arbeiten hatte ihm gefallen. Aber da er die Lehrgebühr nicht zahlen konnte, musste er als Hilfsarbeiter dieselbe Arbeit leisten wie die Gesellen, nur für weniger Lohn. Mit dem Bauernhof ging es inzwischen bergab. Der Nachbar erwies sich als unfähig. Als der Strom abgeschaltet war und die Mostfässer auseinander fielen, sagte der Großvater: ‚Dann nimmst ihn halt du, wenn du es besser weißt, du Hinterling!' Doch der Hof hatte für meinen Vater alles verloren, was für ihn einmal Zuhause gewesen war. Eines Tages verkaufte er ihn. Mutter und er zogen mit Sack und Pack und Großvater vom Berg in die Stadt, wo er das Haus erwarb, in dem der erste Sohn, mein Bruder, kurz nach dem Einzug zur Welt kam. So war das, und nicht *anders*!

Das ist die Geschichte, die uns mein Vater jedes Jahr Heiligabend erzählte. Am Schluss sagte er dann immer: ‚Ich wünschte mir, euer Großvater könnte sehen, was ich zustande gebracht habe.' Was denkst du, Michael?"

„‚Dummer Junge', das würde dein Vater jetzt sagen, Josef, ‚schnapp dir Ragusa endlich, du bist einer vom Berg!'"

Stille.

„Ich wünsche mir, dass ich meiner Mutter noch einmal begegnen könnte, Michael."

„Wozu?"

„‚Liebst du mich?', das würde ich sie fragen. ‚Liebst du mich, Mutter?'"

Josef sieht hoch in den roten Morgenhimmel. Der Tag bricht an, und die Vögel erwachen im Geäst der Bäume. Er ist müde. Josef erhebt sich vom Grab, um nach Hause zu gehen. Die Betschwestern kommen auf den Friedhof, und die Stadt in den Bergen beginnt zu leben.

*

Der Schutzwall aus Gesetzen, durch den der Stadtrat die Sicherheit zu erneuern gehofft hat, ist längst in sich zusammengebrochen. Die Einheimischen konsumieren nur mehr das Notwendigste. Geld, von dem sie zweifellos noch reichlich haben, ziehen sie von den Banken ab und stecken es wieder in ihre guten alten Strümpfe. Neue Autos verrosten in den Werkshallen. Der Wein wird sauer in den Fässern. Die Würste und der Schinken verderben in den Räucherkästen. Das eingeschabte Kraut wird ranzig in den Bottichen. Das Brot verdorrt in den Öfen, und in den Auslagen liegt fingerdick Staub auf Dingen, ohne die zu leben sich die Einheimischen einst nicht hatten vorstellen können. Die Arbeitslosigkeit steigt. Dazu der neuerliche Mord.

Der Stadtrat hat Josef beauftragt, noch ein Kindergrab neben den beiden anderen zu schaufeln. Und wieder schießen Gerüchte ins Kraut.

Noch grausamer als der erste sei dieser Mord an dem Jungen ausgefallen, schreibt der Journalist in der Zeitung unter Berufung auf sichere Quellen. „Der Mörder hat den Kleinen wie einen Fisch von unten nach oben aufgeschnitten, ihm die Organe entnommen, die Zunge herausgeschnitten und die Augen ausgestochen.“ Aber, und das interessiert alle am meisten, hat es sexuelle Übergriffe gegeben? Das fragen sich nicht nur die Einheimischen, sondern speziell der Bürgermeister. Wie ein Haupttreffer in der Lotterie wäre das für seinen Wahlkampf gewesen. Ein Fall von Päderastie, von einem Zugewanderten.

In der Stadt kommt es mittlerweile immer häufiger zu Zusammenstößen zwischen Anhängern der Bürgermeisterpartei und der Partei der Zugewanderten, der Dr. Abweger vorsteht. Niemand hat mit einem derartigen Zulauf zu dieser Partei gerechnet.

„Gesundheit“, sagt der Bestatter, „ist eben doch wichtiger als Ideologie.“

„DeinemVaterwäredasniepassiert ... Pfffchchchiiicht!“, beschimpft der alte Polizeikommandant w. i. D. den Bürgermeister aufgebracht unter vier Augen. Er kommt gerade von einer ausgedehnten Rotwildjagd zurück.

„DeinVaterhätteerstgarkeinezweiteParteizugelassen! ... Pfffchchchiiicht!“

Er spürt, dass seine Partei, seine Heimat, in Gefahr ist, und wenn das passiert, ist er selbst in Gefahr, und weil das nicht sein kann, ist er bereit, alles dagegen zu unternehmen.

„DuhättestdieZügelnichtausderHandgebendürfenHättestsofortVerdächtigeeinsperrenmüssen ... Pfffchchchiiicht ... AufderWogederBetroffenheitunddesZorneswärendiralleMittelerlaubtgewesen ... Pfffchchchiiicht ... HättesteinenTäterbenennenmüssenverurteilenkönnenundmiteinerSteuersenkungwärealleswiederruhigundvergessengewesen ... Pfffchchchiiicht ... Ach“, seufzt der dicke alte Mann, „dukannsteinemsorichtigdiewenigeFreudeverderben.“

Denn sein Jagdglück hat ihm einen starken Sechser-Bock beschert.

„BeidiristHopfenundMalzverlorendahattedeinVaterRecht! Pfffchchchiiicht ...“ Der Polizeikomandant w. i. D. ist dem Bürgermeister ganz nahe gekommen. „Einesschwöreichdirwennwirdie Wahlverlierenbistdutot! Pfffchchchiiicht!“

*

„Einen guten Morgen“, ruft Dr. Abweger Josef fröhlich entgegen. Josef ist dabei, verdorrte Blumen von den Gräbern zu entsorgen.

Dr. Abweger kommt quer über den Friedhof und liest

dabei laut die Aufschriften der Grabsteine. Der Mann ist im Gegensatz zu seiner bedächtigen Art heute ausgelassener und entspannter. Die Vorbereitung zur Wahl läuft gut.

„Sie interessieren sich für Politik?"

„Nein, ich bin Totengräber", sagt Josef.

Dr. Abweger lacht. „Warum?"

„Warum sind Sie Arzt?"

Stille.

„Wie alt war der zuletzt ermordete Junge?", fragt Josef.

„Zehn! Der Mord an den Kindern ist ein großes Unglück", sagt Dr. Abweger, „nicht nur für uns. Man wird bald einen Täter finden müssen. Der Druck auf Polizei und Bürgermeister wird immer größer. Ein Täter muss her."

„So wird es wohl sein", stimmt Josef ihm zu.

„Finden Sie es nicht auch eigenartig, dass die Morde gerade jetzt passieren?"

Josef überlegt einen Moment und bückt sich wieder, um verdorrte Blumen aufzusammeln, die jemand auf dem Weg entsorgt hat.

„Wie halten Sie es eigentlich mit Ihrem Gott", fragt Dr. Abweger.

„Wir grüßen uns freundlich", sagt Josef, „wenn wir uns begegnen, reden aber nicht mehr miteinander!"

Dr. Abweger lacht.

„Und Sie?", fragt Josef.

„Ach", seufzt er, „wir streiten, bis uns übel wird, und wenn wir gar nicht mehr weiter wissen, fallen wir uns in die Arme und fangen wieder von vorne an! Wie geht es im Übrigen Ihrem Herzen?"

„Danke?", sagt Josef überrascht. „Von gelegentlichen Anfällen abgesehen, gut."

„Bei einer routinemäßigen Durchforstung der Krankenhauskartei", sagt Dr. Abweger, „bin ich auf Ihre Geschichte gestoßen. Sie können jederzeit Hilfe von mir erwarten."

Dr. Abweger verlässt den Friedhof.

Josef merkt nicht, dass ihm gleichzeitig sein Okuliermesser abhanden gekommen ist.

*

Spät in der Nacht ist die Holzkiste, die Josef so lange schon erwartet hat, doch noch geliefert worden. Es ist ein eigenartiges Gefühl für Josef, die schwere Truhe mit seiner ganzen Ausrüstung, die ihn den Krieg über begleitet hat, nun nach so langer Zeit bei sich im Wohnzimmer stehen zu haben.

„Soll ich sie aufmachen, Michael?"

Josef umrundet die Kiste. „Was meinst du?"

Josef legt sich auf das Sofa. Steht aber bald wieder unruhig auf und zieht von Neuem seine Runden um die Truhe.

„Ich werde sie, ohne sie zu öffnen, vernichten! Ja, hinter dem Haus im Garten werde ich sie mit Benzin übergießen und verbrennen. Dann hat alles sein Ende. – Was soll ich tun? Sag doch was, Michael."

Stille.

Josef wuchtet die Truhe hoch, nimmt die Taschenlampe und schultert die Truhe über die steile Treppe auf den Dachboden.

„Hier an unserem heiligen Platz der Kindheit, hier steht sie richtig, bis ich mich entschieden habe", sagt Josef. Das Fahrrad seines Bruders steht verrostet und von Spinnweben überzogen in der Ecke. Dahinter Kartons mit gebrauchtem Geschirr und Kleidung in Plastiktüten, mit alten Schuhen, von Mutter gesammelt. Auf der anderen Seite des Dachbodens, in der hintersten Ecke, stehen nebeneinander der alte Rucksack seines Vaters und Josefs blaue Lederschultasche. Als er den Staub von ihr herunter bläst, tritt sein mit schwarzem Tintenbleistift auf der Lasche eingravierter Name zu Tage. Die Mäuse haben im Inneren nicht viel übrig gelassen. Ein Puzzle kleiner Papierschnitzel, Staub, und es riecht scharf nach Mäusepisse.

Seine ersten Schreibversuche, spätere Aufsätze mit der Benotung „römisch eins", Diktate mit „Fünfern" für die Rechtschreibung. Mühsam gelöste Rechenbeispiele, verpatzte geometrische Zeichnungen. Farbstiftzeichnungen vom liebenden Gott als altem, bärtigem Mann, wie er am Firmament über der Erde thronte. Die vielen Märchen, die Josef als Strafarbeit für schlechtes Benehmen abschreiben musste, alles zerfallen, zerfressen, Staub, aus und vorbei, als hätte es das nie gegeben.

Josef öffnet den Rucksack seines Vaters und staunt, dass darin das meiste noch ganz ist. Mäuse mögen wohl keine Pornografie.

Er leuchtet mit seiner Taschenlampe tiefer in den Dachboden hinein, ganz vorne an den First, wo durch die Ornamente in den Giebelbrettern das Mondlicht strahlt. Vorsichtig, man kann leicht durch die morschen Bodenbretter brechen und sich dabei, wie er es als Bub erlebt hat, schmerzhaft das Schienbein abschürfen. Als er endlich durch die eingesägten Ornamente des Giebels hinauslugt, sieht er den Mond genauso wie in seiner Kindheit hell und groß.

Stille.

„Ach Michael, was gab es für lustige Zeiten", sagt Josef.

„Erzähle, alter Mann."

„‚Jungs', schrie unser Vater zum wiederholten Male vom Erdgeschoss herauf. ‚Jungs, wo seid ihr? Verflucht noch einmal!'

Doch ich gebot meinem älteren Bruder, indem ich ihm den Zeigefinger auf die Lippen legte, dass er ruhig zu sein hatte", sagt Josef. „Wer weiß, wenn der Vater uns hier entdeckte. Mutter hatte sich schon auf die Suche gemacht, weil es im Haus seit einiger Zeit stank. Aber wir redeten nicht, auch nicht, wenn Mutter mit Prügel drohte.

Das war das einzige Mal, an das ich mich erinnern kann, dass mein Bruder und ich zusammenhielten.

‚Wo steckt ihr denn', rief der Vater erneut und diesmal hörte es sich näher an. Mein Bruder wurde nervös.

‚Mach weiter!', fauchte ich ihn an.

‚Ich kann nicht', flüsterte er gequält, ‚es geht nicht!'

‚Wenn Vater uns so erwischt, dann gibt es Prügel, wie wir sie noch nie bekommen haben! Also beeile dich!'

‚Es geht nicht, so kann ich das nicht', wiederholte mein Bruder und zog sich schnell die Hose hoch.

‚Feigling', sagte ich und vollendete meine Notdurft, dass es gewaltig stank. Nun wurde auch ich nervös.

‚Wo seid ihr, verflucht noch einmal!'

‚Gleich hat er uns', flüsterte mein Bruder.

Vaters Schritte waren von den letzten Stufen der Treppe zum Dachboden zu hören. Mein Bruder rückte die große Vase, die wir mit frischen Feldblumen versorgten, vor meinen dampfenden Haufen. Das verursachte ein hässliches Quietschen.

‚Ah, hier seid ihr?'

Ich blies die zwei Kerzen aus und drehte das gebleichte Hirschgeweih unseres Großvaters, in das wir die tote Katze gespannt hatten, vorsichtig um. Ein Zweig voller saftiger roter Kirschen rechts. Das war unser Altar, unser heiligster Ort. Hier versuchten wir, hinter die großen Geheimnisse des Lebens zu kommen, und brachten als Opfer unsere Notdurft dar. Hier entdeckten wir gegenseitig unsere Körper. Tasteten uns gegenseitig unsere Pimmelchen ab und hatten unsere Freude an dem uns noch Unbekannten. Hier erzählten wir uns unsere Beobachtungen an Mädchen und onanierten gemeinsam. Hier war uns klar geworden, dass es egal war, wer wie zärtlich zu einem war, Zärtlichkeit tat immer gut.

Mittlerweile war der Vater am Dachboden angekommen.

‚Was stinkt denn da, verdammt?'

Der Mond stand hoch und schien durch die Giebelornamente. Wir zitterten vor Aufregung. Die Schritte kamen näher und näher. Die Anspannung war groß.

Auf einmal stand Vater im silbernen Mondlicht vor uns. Mein Bruder begann hysterisch zu lachen. Vater glaubte seinen Augen nicht zu trauen.

‚Um Himmels Willen, was ist das?', fragte er verdächtig ruhig, indem er mit der Taschenlampe unseren Altar ausleuchtete. Mein Bruder lachte noch immer, aber gleichzeitig rannen ihm die Tränen über das Kindergesicht. Ich ahnte, wenn uns nicht gleich eine ungeheure Erklärung einfiele, würde es sehr schmerzhaft für uns beide. Aber wie hätte ich Vater erklären sollen, dass dieses hier unser heiliger Altar war. Und dass wir hier keine Angst hatten. Und dass wir aus Freude und Dank darüber alles gaben und hier sogar gemeinsam unsere Notdurft verrichteten.

‚Spielen', antwortete ich spontan, ‚wir spielen.'

‚Mhm', bestätigte mein Bruder in einer Mischung aus Lachen und Weinen.

Vater sah sich um. Überall lagen unsere vertrockneten Häufchen.

‚Und was?'

‚Gottesdienst', antwortete ich schnell, in Erwartung einer Ohrfeige.

‚Gottesdienst?'"

Stille.

„Plötzlich lachte der Vater. Er erinnerte sich an seine Kindheit, wie er sagte, und erzählte, dass es da auch so einen Platz gab, auf dem Heuboden des elterlichen Hofes.

‚Ich musste immer singen dabei', sagte er, ‚wenn ich in das Heu machte. Als ich einmal laut sang und alles um mich dabei vergessen hatte, spürte ich an meinem Hintern plötzlich ein furchtbares Brennen. Mein Vater hatte mir mit einem Büschel Brennnesseln den Hintern gesegnet.'"

Stille.

„‚Aber Gottesdienst?', rief er plötzlich, ‚Gottesdienst haben wir nie gespielt.'

Mein Bruder begann zu schluchzen.

‚Das ist unser Altar', sagte ich ruhig wie in der Kirche!

‚Ein Hirschgeweih mit Katze?'

Und schon hatte ich eine Ohrfeige vom Vater, die sich gewaschen hatte. Doch ich weinte nicht, obwohl es sehr weh tat. Und rums hatte auch mein Bruder seine Ohrfeige bekommen.

Die Stille danach unterbrach ein leiser Furz, der bedeutete, dass mein Bruder den Haufen, den er vorher nicht an unserem Altar machen konnte, nun in seiner Hose hatte.

‚Na, wenn das so ist', sagte Vater ruhiger, als täten ihm die Ohrfeigen leid, ‚dann ist es momentan wohl so ... nicht?'

Und wieder war die Stimmung bei ihm umgeschlagen, wie bei einem Sommergewitter.

‚Hört zu', sagte er verschwörerisch. ‚Spielt meinetwegen, was ihr wollt, doch hier wird nicht mehr hingeschissen! Ist das klar? Das hier ist morgen verschwunden und lasst den lieben Gott aus dem Spiel', sagte er lachend, als er ging. ‚Fantasie habt ihr ja, dass muss man euch lassen.'"

Josef friert trotz seines dicken Uniformmantels, den er wieder aus der Garage geholt hat, während er sich auf dem Ast des Buchsbaumes zurechtrückt.

„Ich hätte mich doch für Fußball interessieren sollen", sagt er. „Vielleicht hätte mein Bruder dann mit mir gesungen, glaubst du, Michael, er hätte das getan?"

*

Das Jahr hat sich endgültig für den Herbst entschieden. Die ungewohnten Temperaturschwankungen des Sommers sind vorbei. Es wird nicht mehr so eilig gestorben wie in den Übergängen von Winter auf Frühling. Überall, wo man in der Stadt auf Einheimische trifft, stößt man auf Unzufriedenheit, hängende Schultern und graue, verschlossene Gesichter. Auf den Straßen gibt es mittlerweile mehr Polizei als Zivilisten. Die Kinder lassen sich nicht mehr blicken.

Josef ist fröhlich. Er hat Ragusa für das Wochenende zu sich geladen.

Er will für sie kochen. Es ist schwer, in der Stadt die Zutaten für das Gericht aufzutreiben, das er für Ragusa bereiten wollte. Ein Gericht aus der Nachbarstadt, der Stadt am Meer.

*

Josef blättert in der Stadtzeitung und genehmigt sich nach seinem Einkauf einen heißen Kaffee.

„Nichts wird einem vergönnt in diesen Zeiten?", schimpft ein einheimischer Kaffeehausbesucher am Nebentisch Richtung Josef und zeigt ihm eine Zeitung mit großer Überschrift. Irgendwo ist ein Krieg zu Ende gegangen, noch bevor er richtig angefangen hat.

„Schade", fährt der Einheimische fort, „man hat schon überlegt, Erlebnisurlaub dahin anzubieten. Sportiven Kriegsurlaub. Wieder als richtiger Mann gebraucht werden. Kämpfen, der Held im eigenen Kino sein. Wieder einmal auf etwas großes Ganzes gehen. Ein echter Feind, egal ob er grün, gelb, rot oder weiß, fremd oder bekannt ist, Hauptsache Feind. Denn Krieg, lieber Freund", und nun sitzt der Einheimische schon an Josefs Tisch und kommt ihm immer näher, „Krieg ist wie ... ja, Krieg ist wie die Champions League Gottes. Und dabei ist man auf Urlaub und kann aussteigen, wann man will." Josef riecht den Mundgeruch des aufgebrachten Mannes und sieht, dass ihm die Tränen der Enttäuschung über die Wangen laufen.

„Zahlen bitte", ruft Josef, steht auf und geht rasch Richtung Kellner.

„Nur wer einmal ein Heldenbegräbnis erlebt hat", ruft ihm der Einheimische nach, „nur wer das erlebt hat, weiß, was ich meine!"

*

Der Mörder der beiden Jungs ist trotz aller Anstrengung immer noch nicht gefasst. Das Vertrauen vieler Einheimischer in Legislative, Exekutive und Judikative ist auf dem Nullpunkt. Es gibt keinen durchreisenden Fremden, keinen Zugewanderten, der nicht peinlichst genau befragt wird. Jeder ist verdächtig, und der Stadtrat hat ein Gesetz erlassen, das es der Polizei ermöglicht, jeden Verdächtigen ohne Rechtsbeistand festzuhalten, solange sie will und wenn nötig auch zu drangsalieren, um die Wahrheit aus ihm heraus zu bekommen. Hilfspolizisten werden in zusätzlich eingerichteten Polizeirevieren auf Gesetze eingeschworen, die sich niemand merkt.

Das Begräbnis des zweiten ermordeten, einheimischen Jungen ist wider aller Erwarten ruhig verlaufen. Der Pathologe hat auch diesmal keinen sexuellen Übergriff feststellen können. Die Polizei hat das Begräbnis großräumig abgeriegelt. Josef trägt an diesem Tage, sicher ist sicher, Steigeisen, obwohl es nicht regnet. Und er löst auch an dem zweiten Opfer das Versprechen an seine Mutter ein und streift dem Jungen Schafwollstrümpfe über die kleinen Füßchen.

*

Im ganzen Haus riecht es nach Lammbraten und die Küche gleicht einem Schweinestall. Der Wein ist gekühlt, die erste Flasche geköpft für einen Schluck, den Josef sich auf das gute Gelingen des Abends genehmigt. Er ist seit dem frühen Morgen dabei, sein Haus aufzuräumen.

Josef hat sich eine Zahnbürste gekauft und benutzt sie auch täglich zweimal. Er ist frisch rasiert und hat sich eine Kurzhaarfrisur schneiden lassen. Anzug, Hemd und die Krawatte hat er sich im gleichen Geschäft gekauft, in dem Ragusa für ihn die Jacke entdeckte.

In der Nacht hat man Tomaten, Steine, Dreck und Eier gegen sein Haus geworfen. Diesmal sind es keine Kinder gewesen, sondern Erwachsene. Einheimische, wie Josef vermutet hat. ‚Mörder' hat man ihm zweimal ganz groß mit roter Farbe auf die Vorderfront des Hauses geschrieben. So etwas passiert nun des Öfteren in der Stadt. Vor allem an Häusern, in denen Zugewanderte oder solche wohnen, die man für deren Sympathisanten hält.

Er hat vor den nächtlichen Randalierern keine Angst. Ärgerlich ist nur, dass das Haus neu gestrichen werden muss.

Josef öffnet die Fenster. Das Haus wird von einem milden

Herbstwind durchlüftet, dessen reife Würze unweigerlich den herannahenden Winter ankündigt. Die Tage werden kürzer. Seine Freunde, die Vögel, die längst schon in den Süden unterwegs sein sollten, scheinen extra noch geblieben zu sein, um an diesem Abend für Ragusa und ihn zu singen. Der Tisch ist gedeckt und alles bis auf den Braten ist fertig. Josef ist nervös. Für sieben Uhr hat er sich mit Ragusa verabredet.

Josef gibt sich Mühe, sich schön zu machen. Obwohl er alleine ist im Haus, sperrt er die Türe zu Bad und Toilette wie immer ab. Weit weg ist für ihn die Bürgermeisterwahl, die in den Endspurt geht. Als er das Bad gekämmt und rasiert verlässt, bindet er sich über den schwarzen Anzug mit weinroter Krawatte eine Schürze. Josef zieht den Braten aus dem Rohr und probiert die Soße.

„Zu salzig?"

„Du bist verliebt, alter Mann!"

„Glaubst du, Michael?"

„Natürlich!"

„ Ja, dann bin ich halt verliebt! Wenn ich die Soße mit Wein strecke, dann wird das noch was sehr Gutes."

Es klingelt. Josef zögert einen Moment. Dann wirft er eilig die Schürze von sich, schiebt das Kasserol wieder ins Rohr, wäscht sich die Hände, vergewissert sich noch einmal im Spiegel, ob er gut aussieht, und öffnet die Tür.

Ragusa trägt ein weiß geblümtes, hellgrünes Seidenkleid. Ihre weißen Haare, die sie unter einem schwarzen Seidenkopftuch offen trägt, fließen ihr über den Rücken.

„Schick siehst du aus", sagt Josef.

Ragusa drückt ihm einen Kuss auf die Wange.

„Du auch, oh das riecht gut, ich dachte, du magst kein Parfüm?"

„Ich habe mich rasiert. – Wein?"

„Gerne."

Josef schenkt ihnen ein.

„Auf dein Wohl, meine Schöne."

„Auf unser Wohl, mein Lieb!"

„Hunger?"

„Wie ein Wolf."

Josef bietet ihr einen Stuhl an, und als sie sich gesetzt hat, beginnt er zu servieren.

„Wo hast du das gelernt?"

„Auf meinen Reisen."

Lammbraten mit Okragemüse auf großen weißen Tellern. Die Kerzen brennen. Das Jubilieren der Vögel ist durch die offenen Fenster zu hören.

„Soll ich schließen?"

„Nein, nicht, ich liebe das."

Sie essen ruhig.

„Wunderbar schmeckt das", sagt Ragusa.

„Nicht zuviel Salz?"

Ragusa lächelt.

„Ist der Koch verliebt?"

Stille.

„Josef, wer ist Michael?"

„Ein Freund", antwortet Josef etwas zu schnell. „Warum?"

„Als du letztes Mal, ... letztes Mal ... da hast du nach Michael verlangt."

„So?"

Stille.

„Der Herbst wird nun wohl auch bald vorbei sein", schwenkt Ragusa um.

„Darf ich?"

„Ja, bitte."

Er legt ihr eine Scheibe Braten nach.

„Man sieht schon den Schnee auf den Gipfeln."
Stille.
„Er war ein Junge unserer Nachbarstadt, wo ich im Krieg stationiert war. Er wurde kurz vor Kriegsende erschossen."
„Erschossen? Von wem?"
Stille.
„Von Kameraden meiner Einheit."
Stille.
Ragusa legt ihr Besteck ab.
„Ihr habt Kinder erschossen?"
„Ich habe fotografiert."
„Du hast was?"
„Ich war Kriegsberichterstatter. Meine Aufgabe war es, meine Einheit und deren Arbeit fotografisch zu dokumentieren."
„Kinder erschießen nennst du Arbeit? Arbeit ist das, dies zu dokumentieren?"
„Ja, ich hatte alles, was in meiner Einheit passierte, zu dokumentieren."
Josef legt sein Besteck ebenfalls ab und schiebt den Teller auf die Seite.
Ragusa versucht, in seinen Augen etwas zu finden, das ihr erklärt, was jetzt auf sie zukommt.
„Wie, um Gottes Willen, Josef, kann man das?"
„Es war Krieg? Der Vorgesetzte befiehlt, und du hast die Wahl: Ja oder nein. Leb oder stirb!"
Ragusa hat leise zu pfeifen begonnen.
Stille.
„Ich habe die Welt nicht als Fotograf bereist", sagt Josef stimmlos. „Ich habe als Totengräber gearbeitet. Überall, wohin es mich nach dem Krieg in dieser Welt auch verschlug.
Dazwischen fuhr ich immer wieder nach Hause, um nach

meiner Mutter zu sehen, aber sie brauchte mich nicht."

Stille.

Ragusa steht auf und geht im Zimmer herum. Sie kann jetzt nicht ruhig sitzen. ‚Darauf habe ich nun so lange gewartet', denkt sie. ‚Auf die nächste Katastrophe, die mir nun mit Josef ins Leben stürzt. Nach dem Bäcker das nächste Unglück.' Sie hat so sehr auf Ruhe, Freiheit und Glück gehofft.

„Und jetzt?" Ragusa schaut ihn lange an.

Den Kopf gesenkt, starrt Josef Löcher in den Fußboden.

‚Wie sehr habe ich ihn mir gewünscht', denkt sie.

Stille.

‚Warum muss ich um Gottes Willen immer für alles kämpfen. Warum kann mir nicht einmal einfach nur so etwas Schönes passieren?'

„Du bist der erste Mensch, dem ich das erzählt habe, Ragusa, verstehst du?"

Sie reagiert nicht. Josef steht auf, fasst sie an der Schulter und dreht sie zu sich.

„Verstehst du mich, du bist der einzige Mensch, mit dem ich darüber reden könnte."

„Na gut", sagt sie und wischt sich dabei mit dem Taschentuch die Augen. „Rede!"

Aber Josef bekommt den Mund nicht auf.

Stille.

„Na gut, dann nicht", sagt Ragusa.

‚Ich muss jetzt auf mich schauen, bevor das bisschen Leben auch noch vorbei ist.'

„Es war mein vierter Monat bei der Truppe", beginnt Josef zu erzählen. Ragusa bleibt an der Türe stehen.

„Die Kämpfe hatten bis dahin auf beiden Seiten große Verluste ergeben. In diesen vier Monaten passierte so vieles um mich herum, dass ich kaum an zu Hause dachte. Nicht an

Vater, nicht an Mutter und auch nicht an dich. Du hattest den Bäcker gewählt. Gut, da war ich dann auch stur.

Ich war erfolgreich als Kriegsberichterstatter. Das Oberkommando lobte mich. Ich wurde respektiert, auch von meinem Vorgesetzten. Doch je erfolgreicher ich war, desto mehr wurde mir klar, wo ich hineingeraten war. Blut, Tod, Zerstörung, Brutalität, Unrecht. Das war nicht das, was ich gesucht hatte. Ich spürte, egal wie sehr ich mich auch bemühte, dass ich dafür nicht geschaffen war, dass ich das auf die Dauer nicht aushielt. Krieg. Aber immer, wenn ich so dachte, bekam ich Angst, Angst zu versagen. Dann sah ich die alten Kämpfer vor mir, den Gemischtwarenhändler, deinen Großvater, meinen Bruder, meinen Vater, meine Mutter, Professor Blindarm, alle drohten mir, ja nicht zu versagen. Denn dann liebten sie mich nicht mehr. Zum Aufhören aber fehlte mir der Mut. Bleiben konnte ich auch nicht, dazu fehlte mir ebenfalls der Mut."

Ragusa will etwas sagen.

„Ich bin noch nicht fertig", schreit Josef.

Er weiß, wenn er jetzt schweigt, muss entweder alles gesagt sein oder er würde sich selbst nie mehr so nahe kommen.

„Ich war immer der Meinung, dass in meinem Hirnkasten und in der Seele, oder wo auch immer, alles ungeheuer kompliziert abläuft. Aber das ist nicht so, Ragusa. Ich hatte manchem helfen können, manchem auch nicht. Ich war dabei, als Kinder erschossen wurden und habe nicht eingegriffen. Ich habe so viel Elend, Leid und Ungerechtigkeit gesehen ... soviel ... Dreck ...!"

Stille.

„Dabei ist alles ganz einfach, man muss nur tun, was das Herz einem sagt."

Stille.

„Ich hatte Angst, einfach Angst, verstehst du?"

Ragusa will etwas sagen, doch es gelingt ihr nicht, dazwischen zu kommen.

„Hinschauen und handeln, wie ein Mensch eben zu handeln hat! Egal, ob das für ihn gut oder schlecht ist! Ich habe einfach Angst gehabt! So einfach ist das."

Stille.

„Wir sind Menschen, Josef, keine Maschinen", sagt Ragusa.

„Ich, Ragusa! Nicht wir. Es geht um MICH!", schreit Josef sie an, und dabei laufen ihm die Tränen über die Wangen. „Ich habe lange genug versucht, Ausreden zu finden. Weil ich wieder Angst hatte, Angst vor der Wahrheit! So ist das! Diese ganzen vergeudeten Jahre, in denen ich auf der Suche nach der Ursache war, waren nur Flucht, Flucht und wieder Flucht! Flucht vor meiner Verantwortung. Das ist die Wahrheit. Ich war einfach feige. Aus Feigheit bin ich von zu Hause abgehauen, anstatt dort etwas zu verändern. Aus Feigheit habe ich bei der Exekution der Kinder zugesehen, ohne einzuschreiten. Ich war bereit, lieber ein ganzes Leben zu vergeuden als einmal mutig zu sein!"

Ragusa will Josef umarmen, doch er wehrt ab und geht.

*

Auf seinem Friedhof kennt er jedes Grab, jeden Strauch, jeden Hügel und jeden Weg. Hier gibt es keine Anklage, keine Abrechnung, hier ist alles vorbei. Hier ist Schluss, aus, Ende. Nichts. Hier ist unendlicher Frieden, der einzige Ort, an dem Josef wirklich glücklich ist. Nur wenn er dem Tod nahe ist, spürt er, dass er lebt.

Der rothaarige Junge in Lederhosen und weißem Hemd stellt sich plötzlich Josef in den Weg und grinst frech. Derselbe Junge, der ihn schon einmal als einen Feigling beschimpft hat. Die Kinder der Stadt haben ihren Spaß mit dem Totenvogel, wie sie Josef nennen. Er ist zur Attraktion ihrer langweiligen Kindheit geworden.

„Wie ist das nun mit dir, alter Mann“, fragt er. „Ist das wirklich so, wie man sagt?“

„Was sagt man denn?“

„Dass du im Krieg feige warst?“

„Michael?“

Stille.

Der dicke Junge greift nach einem Stein aus einer Grabumrandung und wirft damit nach Josef. Der Stein trifft ihn am Kopf. Josef reagiert nicht. Und wieder nimmt er einen Stein und wirft ihn nach Josef. Wieder trifft er damit seinen Kopf. So geht es noch einige Male, doch Josef schützt und wehrt sich trotz der Platzwunden nicht.

„Michael?“

Josef sackt langsam in sich zusammen.

„Rede endlich“, schreit der Junge Josef an und greift nach einem weiteren Stein.

„Oder fehlt dir dazu auch der Mut?“

Josef blutet am Kopf, als er erneut trifft, doch Josef spürt keinen Schmerz.

„Feige warst du und feige bist du!“

Stille.

„Mein Lieb, was machst du denn da?“

Ragusa steht neben einer der Zypressen am Friedhof und leuchtet mit der Taschenlampe auf den zwischen den zwei frischen Kindergräbern kauernden Josef. Er sieht ihren Atem in der Kälte und wischt sich das Blut aus dem Gesicht, während er sich mühsam erhebt. Er geht Richtung Ausgang die Auffahrt hinunter, ohne zu antworten.

„Bist du mir böse, mein Lieb?“

Sofort weiß Ragusa, dass dies eine dumme Frage ist. Aber irgendetwas muss sie ja sagen, bevor er im Dunkel der Stadt verschwindet. Sie folgt ihm.

„Was hast du mit deinem Kopf gemacht?“

„Nichts“, ruft er, „ich habe nichts gemacht! Nichts, wie immer tue ich nichts, nichts, NICHTS!!“

Josef schreit so laut, dass es wohl bis in die Stadt hinein zu hören ist. Ragusa kommt auf ihn zu und leuchtet mit ihrer Taschenlampe in sein Blut überlaufenes Gesicht. Sie holt ihr Taschentuch hervor und wischt ihm vorsichtig das Gesicht sauber.

„Josef, was geht hier vor?“

„Tja, eine gute Frage. Kinder werfen mir Steine an den Kopf, nennen mich einen Feigling. Das geht hier vor. Aber mit so etwas muss man eben rechnen, wenn man ein Mensch ist wie ich.“

„Hör auf!“, fährt ihn Ragusa an. „Hör endlich auf!“

Stille.

„Ich habe dieses ganze selbstgefällige Gerede satt. Ich will jetzt Klarheit und dann endlich Ruhe, verstehst du? Ich habe mir dich, wenn ich in den letzten Tagen nicht schlafen konnte, als jungen Mann vorgestellt.“

Sie nimmt seinen Kopf zwischen die Hände.

„Wie schön du warst mit deinem dichten roten Lockenkopf und deinen blauen Augen, voller Pickel im Gesicht, aber auffahrend stolz wie ein Pfau. Du hattest etwas, bei dem ich mich sicher fühlte. Du konntest böse, gemein, unausstehlich, ekelhaft und dumm sein. Aber wenn du gesungen hast oder von einer Idee schwärmtest – das war schön, und ich war so stolz auf dich, dass ich oft weinen musste vor Glück.

Deshalb liebe ich dich, Josef. Du hast von allem auch das

Gegenteil. Aber das Wichtigste, du hattest Träume, und wenn du sie erzähltest, dann spürte ich, diese Träume werden eines Tages wahr, und da wollte ich dann dabei sein."

Stille.

„Ich liebe dich Josef! Stehst du zu mir ... oder nicht? Wenn nicht, dann sag es jetzt, und ich lass dich!"

*

Sie liegen aneinander geschmiegt auf seiner Couch.

Ragusa hat nicht geschlafen, sie hat über ihn gewacht. Tausende Gedanken gehen ihr durch den Kopf und wollen zu Ende gedacht werden. Josef hat tief und ruhig geschlafen. Er dreht seinen Kopf zur Seite und weicht dem gütigen Blick seiner Freundin aus.

„Was zählt, ist, dass du bei mir bist, dass wir zusammen sind, mein Lieb", sagt Ragusa.

Sie drückt sich dabei ganz fest an ihn. Gerne hätte er ihr etwas Aufmunterndes gesagt oder sie umarmt. Doch in seinem Kopf purzelt alles wie Kraut und Rüben auf einen Abgrund zu und macht ihn unfähig zu vielem, wonach sie sich mit ihm sehnt. Ragusa küsst ihn auf Mund und Augen. Streicht ihm immer wieder zärtlich über das Gesicht. Nimmt seine rechte Hand und führt sie über ihren Körper, ganz sanft, und er spürt, wie gut es ihr tut, bis er sich wie ein Kind in ihrem Schoß einrollt und endlich weinen kann.

„Ich rannte, den alten Fotoapparat fest in der Hand, durch die brennenden Gassen unseres Nachbarstädtchen am Meer", sagt Josef, „ohne zu wissen wohin. Die Beine waren mir schwer wie Blei und endlich erreichte ich das Meer. Nie wieder, nie, das wusste ich, als ich diese unschuldig lachenden Augen des kleinen Michael durch den Sucher meiner Kamera sah, nie wieder werde ich diese Augen vergessen. Das Kind stand da in seiner kurzen Lederhose und seinem weißen Leinenhemdchen, ein Held. Seine roten Locken waren durcheinander und seine blauen Augen strahlten aus dem lachenden Kindergesicht, das Sekunden später zerplatzte ...

‚Wenn es wahr ist, was die Fremden sagen, dass das Meer nicht nur die Wunden, sondern auch die Seelen reinigt', dachte ich, ‚dann lege ich mich ins Wasser.' Die Wellen würden über meinen Körper hinwegspülen, und ich hoffte, gereinigt zu werden von allem Gräuel, das ich erlebt und zugelassen hatte im Krieg."

Josef fühlt sich, während er spricht, den Kopf in Ragusas Schoß, trotz des Druckes auf der Brust wohl und sicher.

„Wein nur, mein Lieb", sagt Ragusa, „wir lieben uns und das ist mehr wert als alles andere auf dieser Welt."

Dabei hält sie ihn so fest gedrückt in den Armen, dass es ihn fast schmerzt. Und sie küsst Josef, als will sie ihm mit diesen Küssen alles, was ihn unglücklich macht, wegwaschen.

„Erzähle mir, mein Lieb, erzähle."

Josef erzählt von Fräulein Ida. Er erzählt, dass er sich nach dem Krieg bei Huren kaufte, was ihn manches Mal so übermächtig drängte, ausgelebt zu werden. Er hatte sich danach immer geschämt. Und doch war diese aggressive Lust in ihm übermächtig.

„Erzähle, mein Lieb."

Und er erzählt vom Blut, das ihm überall im Krieg begegnet war. Von der Brutalität, der Kälte, der Ungerechtigkeit, dem Elend, dem er nicht gewachsen war. Seiner Unfähigkeit, Feigheit. Von seinen Ängsten. Von den einsamen Nächten.

Es ist noch dunkel, als Ragusa und er das Haus auf der Anhöhe verlassen und eng umschlungen in Richtung ihrer

Wohnung gehen. Sie erfreuen sich noch einen Moment am Abschiedsgezwitscher der Vögel, die endlich in den Süden aufbrechen. Sie bestaunen die Nebelbilder, die langsam wie Feen in großen Seidenkleidern vom warmen Talboden in die Höhe steigen. Es wird allmählich hell, der Mond ist nur noch schwach zu sehen, und bald wird in der Stadt wieder ein neuer Tag anbrechen.

*

Josef geht Richtung Friedhof, um sich von seinen Toten zu verabschieden. Er defiliert an den Gräbern vorbei und erinnert sich an schöne, traurige, lustige und makabre Geschichten, die er hier erlebt hat. Einige Krähen haben es sich auf den leeren Nistkästen der Singvögel gemütlich gemacht. Doch er verscheucht sie diesmal nicht. Es gibt euch nun einmal auch. Er durchquert den alten Friedhof, sein Ziel ist der neue Teil, die Gräber der ermordeten Jungen. Schön haben die Eltern die Grabhügel geschmückt.

Er dreht sich instinktiv um. Hinter ihm, wie auferstanden aus einem der Gräber, Dr. Abweger. Sein Blick ist starr, er scheint verwirrt.

„Merken Sie nicht, was in unserer Stadt vor sich geht, merken Sie das denn nicht?"

Dr. Abweger ist offensichtlich betrunken.

„Sie müssen das doch merken", sagt er und schnappt Josef am Brustaufschlag seiner Jacke. „Hier drinnen!"

Er schlägt Josef derart heftig mit der Faust auf die Herzseite seiner Brust, dass Josef zu stürzen droht.

„Haben wir nicht ein Schicksal?"

Dr. Abweger schreit, während er sich an Josefs Jacke festkrallt.

„Ist das nicht so? Sagen Sie mir Ihre Wahrheit?! Sie sind doch nicht so wie die anderen, Sie haben doch Mut! Los reden Sie schon!"

Josef will sich losreißen.

Dr. Abweger bleibt hartnäckig.

„Sie hören mir jetzt zu! Ich hatte einen Traum, einen wahnsinnigen Traum. Sie werden es nicht glauben. Ich träumte, dass es wirklich stimmen könnte, was ihr uns Zugewanderten, uns Fremden vorwerft!

Dass wir in allem unseren Vorteil suchen. Hinterhältigkeit. Dass wir euch beherrschen wollen. Dass wir an allem Schuld sind, an allem! Am schlechten Wetter, an euren Unfällen, an eurer schlechten Verdauung, eurer Kinderlosigkeit, am Asthma der Kirche. Und wir sind die Mörder eurer Kinder! Vielleicht stimmt das ja alles? Das habe ich geträumt!"

„Sie sind betrunken, lassen Sie mich los", wehrt sich Josef.

„Da haben Sie Recht", schreit Dr. Abweger. „Ich bin betrunken, betrunken von lauter Ungerechtigkeit!"

Stille.

„Egal. Hier, nehmen Sie das", bittet Dr. Abweger. „Öffnen Sie es aber erst, nachdem Sie die Stadt verlassen haben."

Josef greift automatisch nach dem Päckchen.

„Versprochen?"

Josef zögert einen Moment, dann nickt er.

„Versprochen."

„Sie sind der Einzige, dem ich vertraue", sagt Dr. Abweger.

Als die schwarze Limousine mit hohem Tempo nahe an den Friedhof heranbraust, lässt Dr. Abweger Josef los. Der Polizeikommandant w. i. D. steigt aus. Dr. Abweger beginnt zu lachen.

„Händehoch! ... Pfffchchchiiicht!"

Der Polizeikommandant w. i. D. hat seine schwere Pistole auf Dr. Abweger gerichtet. Der schmale Mann tut wie ihm geheißen.

„AllesinOrdnungmitderKunst? Pfffchchchiiicht!"

Josef kommt nicht dazu zu antworten. Dr. Abweger stürzt sich auf den Polizeikommandanten w. i. D.

„Nun musst du schießen!", ruft Dr. Abweger, „Was ist, schieß schon!"

Im selben Moment bekommt er vom Polizeikommandanten w. i. D. mit seiner Pistole eine über den Hinterkopf gezogen, dass sich der Körper des hageren Mannes zusammenfaltet, als bügelte Gott.

Er durchsucht den betäubten Dr. Abweger. Und zieht wie ein Zauberer etwas aus dessen Jackentasche. Es ist Josefs Okuliermesser.

„Das gehört mir", sagt Josef verwundert und will nach dem Messer greifen. Doch der Polizeikommamdant w. i. D. steckt es schnell in einen Plastikbeutel.

„Ohohohnein ... Pfffchchchiiicht!"

Der Polizeikommandant w. i. D. senkt die Waffe und zerrt Dr. Abweger umständlich in seinen Dienstwagen. „Eristvorläufigfestgenommen ... Pfffchchchiiicht!"

*

Eine große Aufgeregtheit herrscht am nächsten Tag in der Stadt. Wieder ist ein Mord passiert. Es handelt sich bei dem dritten Mord um den Jungen, der Josef mit Steinen beworfen hat. Seit dem frühen Morgen schon schwirren Gerüchte und Polizisten durch die vom Wind durchwehten Gassen. Das Militär ist aus seinen Kasernen über die Stadt gekommen und schließt die Ein- und Ausfahrtstraßen. Glückliche Einheimische trommeln an Türen und Fenster der Häuser, um eine frohe Botschaft zu verkünden:

„Krieg", rufen sie. „Es wird Krieg geben!"

Der Mörder der Jungen ist ausgeforscht und zur Strecke gebracht. Der dritte Mord ist ihm zum Verhängnis geworden. Er hat unübersehbare Spuren hinterlassen. Dr. Abweger, der Führer der Partei der Zugewanderten und Bürgermeisterkandidat! Er ist der mutmaßliche Mörder der drei Jungen. Zu Hause hat er sich selbst durch einen Kopfschuss gerichtet.

„EgalwielangeeinFremdervonseinemLandwegisterhandeltimmerwieeinFremder ... Pfffchchchiiicht ...", sagt der Polizeikommandant w. i. D.

Als Beweis für die Schuld Dr. Abwegers zeigt er auf der Pressekonferenz die Tatwaffe, ein Messer, das man bei dem Arzt gefunden hat, ein Okuliermesser mit Blutspuren.

*

Wie Ragusa und Josef im Zug aus der Zeitung erfahren, tanzen die Einheimischen vor Glück federleicht auf den mittlerweile vereisten Straßen. Ein Kindermörder, das hat niemand hinter dieser smarten Fassade von Dr. Abweger vermutet. Für kurze Zeit sind sie einem Irrweg gefolgt. Aber so geht es einem eben, wenn man sich auf das Fremde einlässt. Das Misstrauen der Bürgermeisterpartei hat sich in allem bestätigt. Ihr Weg ist der richtige, denn er hat zum Erfolg geführt und die Einheimischen von dem Alpdruck, der sie das Jahr über gequält hat, mit einem Schlag befreit.

„Hat man das Notizbuch bei ihm gefunden?", fragt der Journalist auf der Pressekonferenz.

„WasmeinenSie, ... Pfffchchchiiicht", fragt der Polizeikommandant w. i. D. scharf. Der sehr kleine Mensch überlegt einen Moment, in dem sich oft ein Schicksal entscheidet, schaltet sein Aufnahmegerät aus, setzt sich und schweigt.

„Wenn wir die Wahl gewinnen“, fährt der Bürgermeister durch seinen Erfolg gestärkt fort, „werden wir die Dinge nicht mehr schleifen lassen. Dann wird wieder Ordnung in unserer Stadt einkehren. Ordnung, wie wir sie verstehen! Dann werden wir uns dieser Schande annehmen. Wir werden unsere jungen Mitbürger, unser Fleisch und Blut, mit Feuer und Schwert rächen!“

„Hat er sich an dem Jungen vergangen?“ Der Journalist kann nicht schweigen.

„Wenn Sie es so wollen“, sagt der Bürgermeister stolz, „ja!“

Tosender Applaus der Erleichterung aller Besucher auf der Pressekonferenz.

Die Stadträte, die sich bis auf den abwesenden Bestatter alle demonstrativ hinter ihrem Kandidaten aufgestellt haben, sind zufrieden. Die graue Eminenz, die sich aus ihrem Stuhl erhoben hat, umarmt den Bürgermeister ostentativ vor allen.

„TüchtigerMannalleAchtung ... Pfffchchchiiicht!“ Er atmet ein letztes Mal pfeifend ein und geht. Mit dem einen Fuß schon im Eisen hat der Bürgermeister seinen Hals doch noch retten können.

„Es fehlt euch ein Krieg!“, äfft der Bürgermeister Dr. Abweger nach. „Nun soll er seinen Krieg bekommen!“, schreit er übermütig in den allgemeinen Jubel. „Die Lügen, die dieser Fremde mit seinen Komplizen ausgestreut hat, werden wir jeden Einzelnen aus seinem Volk spüren lassen. Der Firnis ist gebrochen, es lebe die Faust!“

Jubel.

*

Die Einheimischen scheinen von einem Tag auf den anderen jünger. Entspannter, entschlackter. Sie furzen wieder und ihre Bäuche blähen sich ab. Ihre Kreisläufe werden wieder stabiler und man ist sogar lustig, kann über sich selbst lachen, und alles scheint auf fruchtbaren Boden zu fallen. Man ist freundlich zu sich und den anderen, und sogar die Fußballmannschaft gewinnt ihr erstes Spiel seit langem. Schade, dass es gerade jetzt wieder Winter wird.

„Diesen Tag sollte man zu einem gesetzlichen Feiertag machen", fordert der Journalist, und frenetischer Applaus der Stadträte zeigt ihm, dass er endlich auf der richtigen Seite war.

Die Wahl ist für den Bürgermeister und seine Partei nur noch reine Formsache. Und fast hätte der Bürgermeister über all diese Vorgänge seine wirklichen Probleme vergessen können. Im Siegestaumel mobilisiert er Kräfte, die ihn scheinbar alles bewältigen lassen. Er fühlt sich wieder so stark, dass er dem Ruf einer jungen Wahlhelferin ins Bett folgt. Seine alte Sekretärin droht ihm, alles auszuplaudern, aber das ist dem Mann egal. ‚Wenn der Schwanz steht', denkt er, ‚hat die Dankbarkeit Urlaub.' Der Bürgermeister fordert und bekommt von der jungen Wahlhelferin alles, was ihm nicht gut tut.

Der Bestatter hat sich aus diesem neuen Aufbruch herausgehalten. Gestützt auf seine Frau, besucht er nun nahezu täglich statt des Wirtshauses die Kirche. Das linke Bein und der linke Arm sind ihm nach einem Schlaganfall gelähmt. Es hat viel Sorgfalt und Pflege seiner Frau bedurft, dass er wieder einigermaßen verständlich lispeln kann. Kaum hat er sich erholt, verkauft er sein Geschäft und die beiden gehen auf eine Reise. Und dass sie nach ihrer Rückkehr beim Kirchgang stolz zwischen sich ein kleines Mädchen führen, fällt niemandem auf. So sehr sind die Einheimischen mit sich und ihrem neuen Lebensgefühl beschäftigt. Nicht einmal als Hochwürden die Kleine tauft, wird es bemerkt, und auch als der Bestatter im Rathaus die Formalitäten für das Kind erledigt, fragt niemand was, woher und warum.

Allein der Polizeikommandant w. i. D. weiß neben Hochwürden, was inzwischen geschehen ist. Hat er es doch vermittelt. Er weiß, dass der Bestatter heimlich mit seiner Frau in die Nachbarstadt gereist ist und das Waisenkind dort adoptiert hat. Und der Polizeikommandant w. i. D. hat die Patenschaft für das Kind übernommen. Er hat es neben allem anderen auch ermöglicht, dass die Formalitäten für die Adoption schnell und unbürokratisch vonstatten gehen.

„IchliebeKinder", sagt der Polizeikommandant w. i. D. mit Tränen in den alten Augen, während er bei der Taufe der Kleinen über den Kopf streicht. „LeidersindmirjaKinderverwehrtgeblieben ... Pfffchchchiiicht."

Zärtlich legt er dem Mädchen eine feine goldene Kette um den kleinen Hals, die einmal seinem Freund gehört hat.

„TrageesinWürde ... Pfffchchchiiicht ... eshateinemwunderbarenMenschengehört!"

Wer Sonntags die heilige Messe besucht, kann dort doch noch eine Stimme der Mahnung vernehmen.

„Laufen wir nicht wieder sehenden Auges in ein Verderben?", warnt Hochwürden. „Habt ihr euch jemals gefragt, warum gerade uns ein solches Jahr wie das letzte geschickt wurde?"

Doch die Kirche ist leer. Die Hoffnungslosigkeit ist den Einheimischen wie ein schmerzendes Geschwür aufgeplatzt – nun soll alles endlich in einem großen gemeinsamen Triumph abheilen. Allein einige alte Einheimische und Gott, sonst will keiner mehr die Warnung von Hochwürden hören. Als er aber die erste Morddrohung erhält, wird auch er nachdenklicher. Er hofft, im Winter wieder fetten Speck beizen und räuchern zu können, dessen Geschmack und Zartheit er so sehr liebt.

*

Der Zug in die Nachbarstadt ist nahezu leer. Hauptsächlich sind es Zugewanderte, die die Stadt in den Bergen verlassen müssen oder wollen. Dr. Abwegers Partei ist schneller zerfallen als sie sich entwickelt hat. Sehr reiche Zugewanderte, Geschäftsleute aus dem Städtchen am Meer, sind geblieben, im Glauben, ihr Geld werde, wie schon das Geld ihrer Väter im letzten Krieg, für sie eine Brücke über den Hass der Einheimischen schlagen. So wird auch jetzt beidseitig viel Geld in die Fabriken investiert, die wieder auf Waffenerzeugung umgerüstet haben.

Nebelschwaden durchkriechen die kleinen Birkenwäldchen des Zwischenlandes. Manch ein hysterischer Fahrgast glaubt in seiner Angst vor Spionen, Geister zu erkennen. Ein Schaffner serviert Tee und einen kleinen Imbiss gegen horrende Bezahlung. Ragusa und Josef sitzen nebeneinander und interessieren sich nicht dafür, was um sie herum passiert. Josef ist dabei, das Päckchen, das ihm Dr. Abweger zugesteckt hat, zu öffnen. Es enthält ein in Leder gebundenes kleines Buch.

„Mein lieber Freund,

dieses Büchlein haben mir meine Eltern beim Eintritt in die Lehre geschenkt, damit ich Tagebuch führe über meine Fortschritte als Mensch. Es ist mir die einzige reale Erinnerung an meine Eltern geblieben. Sie konnten nicht ahnen, dass ich darin eines Tages die Raubzüge der Einheimischen während des Krieges notieren würde. Wie Sie lesen werden, habe ich auch die Geschichte meiner Familie genau aufgeschrieben. Ihre Einwanderung, ihr privates und berufliches Glück, die Vertreibung aus der Wohnung, aus der Stadt, in die Lager und in den Tod.

Ich denke, das Buch ist bei Ihnen in guten Händen. Bedenken Sie, dass wir uns nur weiter entwickeln, wenn wir aus der Vergangenheit lernen, wenn wir fähig sind, sie anzunehmen. Erst wenn wir akzeptieren, dass jeder von uns unter gewissen Umständen auch zu allem fähig ist, werden wir lernen, unseren Abgründen früh genug entgegenzuwirken. Sie werden wissen, was Sie nun zu tun haben, da bin ich mir ganz sicher. Bleiben Sie mir gesund, Ihr Dr. Abweger."

Josef beobachtet Ragusa. Wie friedlich sie in der Ecke der Bank neben ihm schläft.

‚Bedenken Sie aber, dass wir uns nur weiter entwickeln, wenn wir aus der Vergangenheit lernen, wenn wir fähig sind, sie anzunehmen', hat Dr. Abweger geschrieben. Josef blickt aus dem Zugfenster. Beim Anblick der dunklen Weite, der Landschaft, überkommt ihn ein Gefühl von Ehrfurcht und Dankbarkeit. Er spürt die ungeheure Kraft der Natur und blickt abermals auf die schlafende Ragusa.

Josef öffnet das Fenster, atmet einige Male tief durch.

Dann wirft er das Buch in die vorbeifliegende Welt des Zwischenlandes.

„Was ist", sagt Ragusa, die durch den Luftzug aus ihrem Nickerchen hochschreckt, „sind wir schon da?"

„Bald, meine Schöne, bald", beruhigt Josef sie. „Schlaf weiter, wir haben es hinter uns."

Als sie ankommen, ist Ragusa überrascht. Im Gegensatz zu ihrer Heimat ist hier alles frisch, farbenfroh, frei und jung.

Die Kontrolle durch das Militär am Bahnhof ist höflich. Die Affäre Dr. Abweger hat auch hier hohe Wellen geschlagen.

Während sie sich für eines der schönsten Doppelzimmer im „Hotel zum Meeresblick“ am Hauptplatz einschreiben, kommt der Chef, der Sohn des Hoteliers, aus seinem Büro.

„Herr Josef“, ruft ihm der hochgewachsene junge Mann überrascht entgegen. „Wie geht es Ihnen, Herr Josef?“

„Wo ist dein Vater?“, fragt Josef.

„Sie wissen es nicht? Er ist tot.“

Josef fühlt nichts bei dieser Nachricht.

„Nach Ihrem letzten Besuch hat er sich bald sehr verändert. Eines Tages prügelte er aus unerfindlichen Gründen auf Kinder von Gästen ein. Er sah überall Geister, im Krieg erschossene Kinder in ihnen, die ihn angeblich heimsuchten.

Und eines Morgens fand man ihn tot in einer Seitengasse des Hauptplatzes, er hatte sich eine Kugel durch den Kopf gejagt.“

Stille.

„Ich sehe aber, seine Träume haben sich verwirklicht“, sagt Josef, „eure Stadt blüht. Sie platzt geradezu aus allen Nähten! Überall Leben, Geld und Geschäfte.“

„Sie kennen aber die neuesten Nachrichten?“ Der Hotelierssohn nimmt eine Zeitung, die neben dem Tresen liegt.

„Wieder Krieg zwischen uns. Aber keine Sorge, Herr Josef, diesmal werden eure Leute ein für allemal ihr blaues Wunder erleben.“

Schon Tage vor der entscheidenden Wende haben Ragusa und Josef ihre privaten Angelegenheiten geregelt. Die Ämter sind ja leer. Die Einheimischen feiern auf den Straßen ihre Befreiung. Alles geht sehr schnell vonstatten. Das Haus plus

Cabrio hat Josef verkauft. Dasselbe tut Ragusa mit ihrer Wohnung. Sie hätten durchaus höhere Preise erzielen können. Doch keinen Tag länger wollen sie bleiben, und das Geld, das sie bekommen, reicht ihnen allemal für ein sehr gutes Leben, wo auch immer.

Josef verbringt die Nacht vor der Abreise alleine auf dem Dachboden seines Hauses. Das Fahrrad seines Bruders, die Pornos seines Vaters, das Gerümpel, das seine Mutter aufbewahrt hat im Glauben, sie lebe ewig. Alles Zeugen der Vergangenheit, nichts wird irgendwann wieder so sein, denkt Josef. Er stemmt die Truhe hoch und schultert sie vom Dachboden in den Garten neben den Buchsbaum. Lange steht er davor und weiß immer noch nicht, soll er sie öffnen oder nicht. Früh morgens, die Sonne zeigt ihre ersten Strahlen, holt er die Axt aus der Scheune, schlägt den alten Buchsbaum um, zerschlägt die Truhe und übergießt alles mit Benzin. Als er das brennende Streichholz in der Hand hat, schaut er noch einmal in den schönen neuen Morgen, der anbricht. Einen Moment hat er überlegt, ob er seine alte Kamera nicht aufheben solle. Doch dann entscheidet er sich, einen Schlussstrich zu ziehen.

*

Es ist erneut Winter geworden in der Stadt in den Bergen. Schon seit Tagen überzieht der Raureif die Bäume und Wiesen, und nun fällt der erste Schnee. Die Stelle des Totengräbers ist wieder vakant. Alles hat sich verändert und scheint doch wieder am Anfang. Der Bürgermeister hat sich nicht lange über seinen Triumph mit absoluter Mehrheit freuen können. Ein Gehirnschlag streckt ihn noch am Tag seiner Wiederwahl zwischen den festen Schenkeln seiner neuen Sekretärin nieder. Nun hat ihn seine Frau endlich ganz für sich.

Mittlerweile ist ein junger Bürgermeister nachgerückt, wie immer jemand und etwas nachrücken wird. Die Einheimischen haben ihre Herzen versiegelt und ihre Heizaggregate aus dem Keller geholt, denn es wird kalt, ungewöhnlich kalt. Die Schränke sind gefüllt mit Lebensmitteln und die Keller voller Flaschen mit Schnaps. Das in Bottiche eingeschabte Kraut ist bereits vergoren, Würste, Schinken und Speck fertig geräuchert, Brotlaibe hängen in den Kellerreusen auf Vorrat. Nun sind sie für alles gerüstet.

Wie sich in einer glücklichen Zeit manches ohne große Anstrengung ineinander fügt, sind die vielen wahllosen Verhältnisse im Herbst, um Kinder für den Krieg zu zeugen, sehr erfolgreich gewesen. Für den Krieg ist dieser Kindersegen nun auf das herzlichste willkommen.

Die graue Eminenz, der Polizeikommandant w. a. D., ist zufrieden. Er fühlt sich rechtschaffen müde und versperrt die Zufahrt zu seiner Villa. Zwischen die doppelten Fenster legt er gegerbte Felle junger Lämmer, dass sich die Kälte nicht einschleichen kann. Dann öffnet er eine schöne Flasche Rotwein, setzt sich in seinen Lehnstuhl und legt klassische Musik auf. Endlich kann er seine Lieblingsbeschäftigung neben der Jagd wieder aufnehmen, die er in diesem schwierigen Jahr so lange vernachlässigt hat. Er vergleicht den Handelsverlauf seiner Aktien, die er an den Fabriken beider Städte hält. Und manches Mal kommt sein Patenkind auf Besuch und bereitet dem alten Mann Freude.

Draußen folgen die Einheimischen der Richtung, die ihnen der Stadtrat unter dem neuen Bürgermeister vorgibt. Sie taumeln Abend für Abend erschöpft, aber zufrieden vom Tagwerk in den Fabriken nach Hause. Sie essen und trinken mit Appetit, schalten den Fernseher ein, den die Stadt jedem Haushalt gratis bereitstellt. Und bevor sie sich die tägliche

Ansprache des Bürgermeisters anhören, legen sie sich dicke Decken über und schlafen bald selig ein. Weit weg ist für viele die Unsicherheit und die Angst des vergangenen Jahres. Und doch wird sich manch einer wohl die Frage stellen: Haben wir in diesem Jahr dazu gewonnen oder ist uns etwas abhanden gekommen?

*

Vom Balkon des Hotels haben Ragusa und Josef einen prächtigen Blick über das Städtchen am Meer. Der Hauptplatz ist, obwohl auch hier schon die Kälte Einzug hält, noch voller lebenshungriger Menschen. Die Andenken-Stände und die Cafés machen die guten Geschäfte, die sich der alte Hotelier für die Zeit nach dem Krieg erträumt hat. Und an derselben Ecke wie immer sitzt der Maroniverkäufer in sich zusammengesunken unter einem kleinen Vordach auf seinem Hocker neben dem Ofen, in dem kein Feuer mehr brennt und keine Früchte mehr garen.

„Er ist verrückt, denkt, er verkaufe immer noch Maroni, erzählt Gräuelgeschichten über Kindermorde, die hier im Krieg passiert sein sollen", sagt der Sohn des Hoteliers, „damit unterhält er die Menschen und bekommt ein paar Münzen dafür."

Josef führt Ragusa durch die Stadt. Mit allen Plätzen verbinden ihn Erinnerungen, Grausamkeiten, aber auch schöne Erlebnisse. Ragusa ist interessiert an allem. Nur manches Mal wird es ihm zuviel, dann schweigt er stur, und sie weiß, was das zu bedeuten hat.

Die Meeresluft, die der Wind in die Stadt trägt, macht Appetit, und die beiden jungen Alten probieren in den nächsten Tagen die Fisch- und Weinkarten der Restaurants rauf und runter. Die schroffen Kalkwände unweit der Küste fallen abrupt ab ins Meer. Wenn Josef Ragusa mit verbundenen Augen an einen Abgrund führt, um sie zu erschrecken, schreit sie kurz auf. Doch sie weicht nicht einen Millimeter vor ihrer gemeinsamen Zukunft zurück.

„Du hast wirklich einen sonderbaren Geschmack bei Männerkleidung, das hab ich mir schon bei der Jacke gedacht", sagt Josef.

Es war lauter unnötiges Zeug, das Ragusa für sie beide gekauft hat. Sie ziehen sich für den Abend verrückte Sachen an. Ein enges hellgrünes Kostüm, tief ausgeschnitten, sodass Ragusas große Brüste fast herausquellen. Darüber eine rosa Stola aus Samt und hochhackige Schuhe. Josef trägt einen weißen Seidenanzug mit einem roten Schal, darunter nur ein enges schwarzes T-Shirt und als Krönung einen Panamahut. Sie speisen auf Einladung des Hoteliers im Restaurant. Nach einem herrlichen Abendessen taumeln sie beide verliebt durch die Hotelhalle auf ihr Zimmer. Es ist schön für sie, nur so dazuliegen, sich im Arm zu halten, ohne etwas zu wollen oder zu müssen. Leise Musik und die Gespräche der Menschen, das Klappern des Geschirrs dringen vom Hauptplatz hoch.

Josef ist glücklich. Er hat, seit sie die Stadt in den Bergen verlassen haben, keine Herzschmerzen mehr. Er überschüttet Ragusa mit Liebkosungen. Seine Hände streicheln ungeduldig ihren Körper, als wehe der Flaum junger Schwäne über ihre Haut. Er freut sich wie ein junger Liebhaber, dass gerade er ihr solch eine Wohltat bereiten kann. Sein glatt rasiertes Kinn ist weich wie das Fleisch reifer Pfirsiche. Sie fließen ineinander, Ragusa stößt feine Schreie aus, als wäre ein Engel irgendwo weit weg aus seinem Wolkenbette in süße Sahne gefallen. Wohlgefühl, nichts sonst, keine Kraft, nur gegenseitiges Spüren, bis sie gleichzeitig einen Orgasmus haben.

Friedlich schlafen sie ein, als lägen sie in einer blumenübersäten Frühlingswiese, deren Duft sie allzu ermüdet hat.

In den frühen Morgenstunden erwacht Josef. Es ist ihm als riefe jemand seinen Namen.

„Michael", flüstert er, Ragusa schläft neben ihm.

„Bist du das, Michael?"

„Wer denn sonst. Komm!"

Josef setzt sich vorsichtig auf, um Ragusa nicht zu wecken.

„Jetzt komm schon, alter Freund, es wird Zeit für uns! Wir müssen los!"

„Wohin?"

Da spürt Josef den Druck auf seiner Brust, wie er ihn noch nie gespürt hat. Josef bekommt keine Luft. Sterne, überall Sterne. Dann eine kleine gelbe Flamme im Zimmer, sie tanzt, umtanzt ihn fröhlich wirbelnd, wie die Flamme in der Heiligen Nacht, damals auf dem Friedhof, zu Weihnachten in seiner Kindheit. Sie wird größer, heller und immer schöner, ein wunderschönes tausendfarbiges Licht verläuft sich im Raum bis es nicht mehr zu sehen ist.

Eine helle Kinderstimme, die ein Lied aus seiner Kindheit singt, wechselt in einen hohen gleichmäßigen Piepston und holt Josef in ein Krankenzimmer zurück.

Ragusa sitzt neben ihm und hält seine Hand.

„Ruhig, ganz ruhig, mein Lieb", sagt Ragusa und streicht Josef über den Kopf. Er zieht sie ganz nahe an sich heran. Sie hat wohl sehr geweint.

„Ragusa ...", flüstert Josef, seine Stimme ist wie alles an ihm sehr müde, „ich liebe dich ... mein Herz ... ich liebe dich!"

‚Gerade im ungelegensten Moment kommt der Tod', ärgert sich Josef und muss zugleich lachen, was ihm in seinem verflixten Leben nicht noch alles schief gehen sollte. Nun, da er endlich die Liebe seines Lebens lebt, hat ihm sein alter Vertrauter unerwartet den Besuch abgestattet. So ist das also. Josef spürt, wie ihn die Kräfte immer schneller verlassen. Obwohl ihm der Schweiß über das aschfahle Gesicht läuft, spürt er die Hitze im Krankenzimmer nicht, genauso wie er die weinende Ragusa neben sich auf der Bettkante nicht mehr wahrnimmt, obwohl sie seine Hand massiert. Wenn sie ihm seinen Namen ins Ohr haucht, als wolle sie ihn damit in ihr gemeinsames Glück zurücklocken. Doch Josef hört sie nicht.

Die irrwitzigsten Gedanken schwirren ihm im Kopf herum. Sein Elternhaus wollte er renovieren, Ragusa so schnell wie möglich heiraten, Kinder adoptieren, sich im Fußballklub als Mitglied einschreiben. Aber es ist zu spät mit allem, für alles, endgültig. Zu spät, noch Fragen zu stellen, Dinge zu ordnen, denen er sein Leben lang aus dem Weg gegangen ist, um abrechnen zu können, wo und mit wem auch immer.

Seine Augen werden klar und er erkennt das Krankenzimmer wieder, in dem er liegt. Ragusa, die noch immer seine Hand hält, freut sich. Ein heller Sonnenstrahl hat ihn durch das Fenster im Gesicht getroffen.

„Du bist schön, Ragusa." Vergeblich versucht er, seinen Arm zu heben, um ihr durch ihr dichtes Haar zu streichen, wie er es zu tun liebt.

Ragusa beugt sich zu ihm und hält ihr Ohr ganz nah an seine Lippen.

„Ragusa, bitte, ich möchte, ... ich möchte Fußball spielen!"

„Wie kommst du um Gottes Willen jetzt auf Fußball?", fragt sie und muss lachen, denn sie denkt, Josef hätte einen Witz gemacht.

„Weil ...", Josef fasst nach Ragusas rechter Hand und drückt sie ganz fest, und sie merkt, dass ihm sein Wunsch ernst ist. „Weil ..."

Plötzlich muss Josef lachen. Stakkatohaftes Lachen, das langsam leiser und ruhiger wird. Es schließen sich langsam seine Augen, eine Träne rinnt ihm in einer dünnen Falte aus dem rechten Auge über die Wange. Sein fester Griff um Ragusas Hand lockert sich und sein Atem wird friedlich.

Dem rothaarigen Jungen mit den blauen Augen schlägt das Herz bis zum Hals vor Aufregung, als er in seinem weißen Hemdchen und Lederhose barfüssig in Richtung der großen Kerbe ins dunkle Tal heimwärts läuft.

Wie Herden verschiedenster Tiere ziehen Wolken an der untergehenden Sonne vorbei. Die von Düften der Wiesenblumen überwürzte Luft macht ihn benommen.

Wie hell doch seine Stimme klingt, als er um seine Angst zu bändigen laut ein Kinderlied singt. Wie kräftig doch seine Arme sich strecken und sein kleiner Körper sich reckt, als drohe er zu zerspringen, aus lauter Vorfreude endlich nach Hause zu kommen.

Doch wie Kinder eben schnell aufgeregt in einer Mücke einen Elefanten erkannt zu haben glauben, legt er sich erst einmal müd in das schon taunasse Gras, um für die Ewigkeit auszuruhen.

Jens Bjørneboe

EHE DER HAHN KRÄHT

Roman
Deutsch von Ursula Gunsilius
208 Seiten, Leinen, ISBN 978-3-87536-279-4

Der Mediziner Dr. Reynhardt ist angetreten, die Lebensbedingungen der Menschen zu verbessern. Als man ihm einen Posten in der Wissenschaft anbietet, sieht er die Möglichkeit, den beruflichen Erfolg mit der Verwirklichung seiner Ideale zu verbinden.
Doch der Preis ist hoch: Nicht nur, dass er seine ältesten Freunde verrät, seine Forschungen gehen auch über die Grenzen der Menschlichkeit hinaus.

„Von der ersten Seite zieht dieser wichtige Roman in seinen Bann. Gerne möglichst allen Büchereien empfohlen." *ekz*

MERLIN VERLAG
21397 Gifkendorf Nr. 38

Boualem Sansal

DAS DORF DES DEUTSCHEN

Roman
Deutsch von Ulrich Zieger
288 Seiten, Klappenbroschur, ISBN 978-3-87536-281-7

Die Brüder Rachel und Malrich Schiller werden nach der grausamen Ermordung ihrer Eltern mit der Vergangenheit ihres deutschen Vaters konfrontiert. Der ältere der beiden, Rachel, zerbricht daran. Malrichs Versuch zu verstehen, führt ihn von der Vergangenheit des Vaters in die Abgründe der Gegenwart ...
Eine dichte Reflexion über Schuld und Verantwortung und ein leidenschaftliches Plädoyer für Freiheit und gegen jedwede Ideologisierung und Entmenschlichung.

„Ungetrübte Bewunderung."

Johannes Willms, Süddeutsche Zeitung

„Sorgfältig übersetzt, aufschlussreich, voller Spannung und lesenswert." *Joseph Hanimann, FAZ*

„Ein dichtes, den Leser in Bann schlagendes Meisterwerk eines der mutigsten Autoren des Maghreb."

Ilja Trojanow für die Weltempfänger Bestenliste

Thomas Fritz

SELBSTPORTRÄT MIT SCHUSSWAFFE

Roman

376 Seiten, Leinen, ISBN 978-3-87536-301-2

Während ihres Dienstes in der NVA an der innerdeutschen Grenze lernen sich Peter Kilian und Achim Schlesinger kennen. Als in den 90er-Jahren Kilian auf rätselhafte Weise umkommt – in einem heruntergekommenem Wirtshaus an der nun verwaisten Grenze – misstraut sein Freund den Ermittlungsergebnissen der Polizei. Auf der Suche nach den wahren Todesumständen wird Schlesinger immer mehr mit seiner eigenen Vergangenheit konfrontiert.

Die ganze schöne Misere einer Jugend in der DDR, von der Ost-West-Liebesgeschichte bis zum unfreiwilligen Dienst an der Staatsgrenze – Selbstporträt mit Schusswaffe *ist auch das Porträt einer Generation.*

Eugen Ruge

Andreas Meyer VerlagsGmbH & Co KG
Satz: MERLIN VERLAG, Gifkendorf
Umschlag: Designbüro Möhlenkamp & Schuldt, Marlis Schuldt und Jörg Möhlenkamp, Bremen, unter Verwendung eines Fotos von ©iStock.com/Andras Csontos
Druck und Einband: freiburger graphische betriebe GmbH., Freiburg
1. Auflage, Gifkendorf 2014
im 57. Jahr des Merlin Verlags
ISBN 978-3-87536-310-4
www.merlin-verlag.com
www.augustschmoelzer.com